FINNÉ

Bleu de chauffe

Nan Aurousseau

Bleu de chauffe

roman

Stock

Quand dans la nuit
nos cris d'oiseaux se seront tus,
alors vous mendierez des nouvelles.

Graffiti anonyme, Paris, 1999.

Mon patron s'appelle Dolto. C'est un petit homme suave d'une quarantaine d'années assez rond à l'extérieur mais géométriquement pourri et sans pitié à l'intérieur. Aidé par trois garçons baraqués, il vient de déménager le coffre-fort de l'entreprise. Le coffre-fort de *son* entreprise. Et cela de nuit, un mardi, alors qu'il était censé être en vacances. J'ai pris des photos.

Le coffre a été embarqué dans une camionnette blanche que j'ai photographiée aussi. Il se croit malin Dolto, mais avec moi il a tout faux, il est tombé sur un os, un os de Mamout. Mamout c'est mon nom, moi je ne descends pas du singe comme je dis toujours.

Avec ses lunettes à double foyer Dolto vous regarde toujours par en dessous et quand il vous parle on dirait qu'il vous suce. Mais il s'agit juste d'une impression parce qu'en réalité il est en train de vous enculer et ça, vous ne le sentez pas. Vous avez mal *après*. Mais après il est trop tard, vous ne pouvez plus le joindre, ni au téléphone ni au bureau, même le matin tôt, impossible de lui mettre la main dessus. C'est véritablement une sale ordure pourrie à l'intérieur mais nickel à l'extérieur, costume-cravate, manières onctueuses, grosse voiture noire à gueule de requin et toujours un portable d'avance sur vous, Dolto. Vous qui avez les mains dans la merde, les bleus pleins de graisse et un portable de l'année dernière, il vous vexe exprès devant les autres en vous disant par exemple : « Il fait machine à laver ton portable ? Et quand t'appuies sur menu, il te sort une pizza ? » Tout le monde rigole et vous passez pour un ringard. Sur un chantier, comparé à lui, vous ne valez pas un clou. Parce que ça lui arrive de passer sur les chantiers. Au début. Quand vous croyez qu'il vous suce. Environ deux mois après, quand vous commencez d'avoir mal, vous ne le voyez plus, vous voyez seulement le manœuvre, un Africain, qui trime toute la journée sans pause déjeuner et qui vous balance si vous arrivez en retard.

« Tu seras mes yeux et mes oreilles sur les chantiers, Touré, et si tu me répètes fidèlement tout ce qui se dit dans mon dos, je te donnerai une prime à chaque fin de mois. »

D'après ce qu'on m'a dit, il n'a jamais touché ses primes Touré, pourtant il était zélé. Au bout du compte il s'est fait virer, juste avant que je grille Dolto en train de déménager le coffre. Avec mon patron, les carottes sont géantes et c'est dans le cul que vous les prenez.

En plus, Dolto est un sacré putain de menteur mais ça aussi vous vous en apercevez après. Tout le négatif vous le découvrez après. Avant, comme je le disais, c'est un type charmant et vous êtes heureux d'avoir une relation privilégiée avec lui.

Maintenant je comprends comment je me suis fait avoir. Comment il est en train d'essayer de niquer tout le monde dans une dernière magouille à l'arraché. Et comment Dujardin, son associé, va se retrouver dans une impasse financière infernale avec perte sèche de cent vingt patates sans pouvoir rien prouver juridiquement.

Mais je ne vais pas le lâcher. Il m'en a trop fait baver. À cause de lui si j'écoutais mon toubib je ne pourrais plus baiser normalement. Mais mon toubib je ne l'écoute plus, je fais semblant d'entendre ce qu'il me dit et dès que j'ai acheté les médocs je les enferme dans l'armoire et je n'y touche plus. C'est vachement dangereux les médocs pour la baise, n'empêche.

*

Dujardin, lui, au départ, je l'aimais bien. Ce n'était pas le mauvais gars. Il était chef d'équipe dans une boîte de sanitaire à Maisons-Alfort, et puis, séduit par le personnage, il s'est mis à fréquenter Dolto et ils sont devenus copains comme cochons. Il aurait dû se méfier Dujardin, mais c'était un naïf, trop heureux que Dolto lui fasse le grand honneur de bouffer chez lui.

On le voyait de temps à autre, il s'amenait au volant de la camionnette de sa boîte et Dolto lui faisait faire le tour du chantier. Il devenait anormalement sympa, Dolto, quand il était avec Dujardin, il s'adressait à moi avec gentillesse, il me tapait sur l'épaule :

« Demande à Daniel, hein Dan, tu l'as vu l'ours, toi ? »

Je ne savais pas trop quoi répondre parce que déjà à cette époque-là ce n'était plus l'embellie entre Dolto et moi. Bien sûr que je l'avais vu, l'ours, il y avait longtemps, et pas un petit ours comme le leur. Mais c'était mon passé. Mieux valait ne pas l'évoquer avec ces gars-là.

Quelques mois plus tard, Dujardin était embauché à la CCRAMPS en tant que *directeur technique*. On se demande où il avait été dénicher une telle qualification Dolto, c'était la première fois que j'entendais parler de ce poste en sanitaire. Quoi qu'il en soit, il faut admettre qu'en ce qui concerne le matériel, Dujardin était une pointure. Il connaissait absolument toutes les fournitures, il était incollable. Il y a pourtant des trucs qui ne sont pas évidents, exemple le raccord Bourdin. Ou le raccord trois pièces 33/42 réduit 20/27 avec joint de dilatation. Bourdin il a dû se faire des couilles en or avec son raccord, mais c'est normal parce que c'est hyperfuté comme raccord. Avec Dujardin c'était nickel chrome, il savait immédiatement le matériel qu'il fallait et il le faisait livrer rapidement. C'était un type de terrain, au départ et il avait du mal à l'oublier. C'est malheureux qu'il en soit où il en est aujourd'hui.

Aujourd'hui il a tout perdu, il erre sur un terrain pourri, acculé, aux abois comme une bête traquée. C'est très dangereux une bête acculée quand elle planque une Winchester dans le coffre de sa voiture.

*

La CCRAMPS (Chauffage Couverture Rénovation Anciennement Maurice Paquez Sanitaire) est une petite entreprise de plomberie sanitaire qui fait aussi de la couverture dans des endroits à l'envers.

Le premier jour où j'ai travaillé pour Dolto, dans une cité, je me suis fait agresser. Un jeune a surgi de derrière un mur, il m'a tapé sur la tête et il m'a arraché mon portable. C'était l'heure du déjeuner, j'étais en communication avec ma femme, je lui parlais tranquillement : « Faut voir l'endroit ma chérie, on se croirait à la préhistoire, après la fin du monde, les mecs doivent faire des feux la nuit avec les branches parce que tout est cramé ici, même les arbres, j'te jure, y aurait des photos à faire. »

Je n'ai pas eu le temps de finir ma phrase que le type était déjà loin, il courait vers les cages d'escalier avec la moitié de mon portable. Je me suis élancé à sa poursuite. Ils ont surgi aussitôt à une dizaine, une bande de fantômes noirs et faméliques en jogging et capuche sur la tête. Je connais un peu les ambiances : j'étais dans la merde, il fallait que je m'arrache. Sans courir, parce que chez les fauves la fuite déclenche immédiatement l'instinct de poursuite.

J'ai fait demi-tour.

Ils m'ont rattrapé.

Je n'avais pas peur, simplement c'était ma première journée de boulot et je ne voulais pas commencer par un baston avec des jeunes. D'autant qu'on est vite taxé de racisme et tout ce qui s'ensuit, même si au départ vous étiez plutôt de leur côté ; on s'énerve, ensuite on ne se contrôle plus, on dit des trucs qu'on ne pense pas, on tape sur qui on ne devrait pas et ça peut devenir un bordel monstre, avec des barbus qui s'en mêlent, *Sur le Coran* et tout le bataclan. Plus on se débat, plus on s'enfonce dans une fausse guerre puante. C'est vicieux comme truc, marécageux. Ici c'est quand même un peu la jungle, ils ont crevé l'œil du gardien puis ils l'ont jeté dans la Marne, pas l'œil, le gardien.

Comme je ne tenais pas à ce que ça se termine

au fusil à pompe pour un portable, le mieux était de couper court. Mais ils m'avaient rattrapé et un grand zigoto avait glissé la main dans la poche de son pantalon de jogging. « C'est un connard, je leur ai crié, il a cassé le portable, il pourra rien en faire ! » Alors le grand Black : « Je te l'achète ! Combien t'en veux ? » Les autres se rapprochaient. Un peu trop. Je leur ai envoyé encore : « Je ne veux rien, c'est un con, allez, tirez-vous de là ! »

Ils ont compris que je n'avais pas peur. C'étaient des jeunes habitués au baston, méfiants et instinctifs. Ils se demandaient pourquoi je ne courais pas comme un vieux Gaulois ordinaire, ça les intriguait, mais d'ici deux minutes il y en aurait bien un plus aventureux que les autres qui me balancerait un coup de latte dans la tête. Ils étaient souples, certainement très valables et rapides. Une fois par terre, je pourrais dire adieu à mes dix dernières dents.

Donc j'ai continué d'avancer tandis qu'eux s'approchaient de plus en plus dangereusement. Puis j'ai atteint une zone apparemment stratégique parce qu'ils se sont arrêtés net, stoppés par une barrière invisible. Le grand Noir a crié : « Je te l'achète ! Combien t'en veux ? Dis un prix ! » Ils avaient peur que j'aille chez les flics ou quoi ?

Je me suis dirigé vers le local où étaient entreposés mes outils, juste en face de la loge de Robert, le gardien à l'œil crevé.

Je devais reprendre le boulot. J'en voulais à Dolto de ne pas m'avoir prévenu que ça craignait, ce chantier. Le jeune m'avait totalement surpris, je ne l'avais pas entendu venir, et les autres avaient dû se marrer en suivant la scène des cages d'escalier, ils étaient au cirque : « Dikave un peu le Gaulois comment y voit rien v'nir ! » Un vrai zoo dont j'avais franchi les limites invisibles.

Il me fallait retourner au parc Hoche où j'avais commencé le démontage d'une vieille installation de chauffage chez une retraitée. Ils les avaient parqués là les vieux Gaulois, dans deux bâtiments un peu à l'écart des grandes barres. Ainsi ils souffraient moins, entre eux, à se rappeler le bon vieux temps. Et tous les trois mois, ils pouvaient aller se plaindre au député qui les recevait en les brossant dans le sens du poil parce que ça vote tous ces vieux-là. Ah ils l'aimaient leur député qui avait fait poser dans les escaliers des mains courantes qui n'avaient pas coûté un clou. Au moins ils pouvaient s'accrocher à quelque chose pour grimper les étages. C'était Jean-Michel Coupeau leur cher député, porte-parole du gouvernement. Lui aussi un onctueux aux belles manières. Sauf qu'on ne le voyait jamais sur les chantiers, lui, même au début. Mais il l'avait dit et redit, il allait faire sauter toutes les grandes barres et il ferait construire de jolies petites maisons à la place. « Où est-ce qu'il va mettre tous les jeunes et tous les gens ? » je me demandais. Puis j'ai pris ça à la rigolade et je disais aux gars : « Mais Ducon, t'as pas compris qu'ils vont faire sauter les barres avec les gens encore à l'intérieur ? » Il y a des gars qui me croyaient. Authentique. Des gars qui croient tout ce qu'on leur dit, ça ne manque pas, des gens désinformés à tous les étages, l'ascenseur qui leur sert de neurones en panne depuis trop longtemps ils sont scotchés à mort devant la télé qu'ils ne savent pas éteindre.

Mais quand même la question reste posée : qu'est-ce qu'ils en font des gens ?

Je n'avais plus aucune envie de reprendre le boulot.

Je suis revenu sur la capitale et je me suis pointé au bureau. Dolto a tiré une drôle de tête :

« Qu'est-ce qui t'arrive, y a un problème ?

– C'est chaud le chantier, vous m'aviez pas prévenu, je me suis fait arracher mon portable et j'ai pris une baffe sur la tête par un jeune. »

La secrétaire a compati : « C'est dur une agression dès le premier jour. » Alors Dolto : « Bon, eh bien ça y est, tu as vu l'ours, c'est aussi bien le premier jour, ça te met dans l'ambiance. Tu as récupéré ton portable ? » J'ai répondu que non mais que, quand même, le jeune l'avait eu cassé parce que j'en avais gardé la moitié dans la main. Dolto m'a signalé de suite que les portables n'étaient pas remboursés, qu'il ne pouvait rien faire pour le moment mais que *bientôt* il m'en fournirait un. Puis il m'a demandé pourquoi j'étais revenu au bureau alors que mon boulot m'attendait là-bas. « Je sais pas trop mais je me la sentais pas de continuer tout seul, je lui ai répondu. De toute façon je ne pourrai pas descendre la vieille chaudière sans aide, elle pèse deux cent cinquante kilos. »

Dolto se tenait derrière son bureau. Tout gentil, tout suave : « Bon, pour l'instant j'ai personne mais je vais voir à te donner un intérimaire. Un manœuvre. En attendant, reprends le boulot, il faut que Maichin ait l'impression que ça avance, si tu fais ce boulot correctement, on a deux cents logements qui vont suivre. Je te le demande comme à titre personnel, c'est important pour la boîte, il faudrait que tu finisses le logement cette semaine. Combien de logements tu peux faire par semaine ?

– Par semaine ? »

Je ne comprenais pas où il voulait en venir. Parce qu'il fallait déposer l'ancienne installation de chauffage, changer toute la tuyauterie et la chaudière, recréer tous les passages à travers les murs et faire au bas mot deux cents soudures avec tout un tas de coudages et la pose des radiateurs. Avec le gaz en prime. Dangereux ça, le gaz. On doit souder à l'argent, normalement. Sauf que Dolto avait ordonné : « Pas d'argent hein, tu me soudes ça au cuivre, tu gaves bien les soudures et basta. » Sans bien sûr abîmer les papiers peints ou les peintures. Parce qu'on intervenait en milieu habité, chez des retraités, des maniaques dans des boîtes à bonbons bourrées de meubles qu'il fallait bouger, avec du lino et de la moquette, et il fallait souder en position sans rien brûler.

« Je pense que tu peux en faire deux et demi par semaine, c'est ce que j'ai dit à Maichin. »

Alors là, j'ai rigolé. « Vous avez parlé trop vite m'sieur Dolto. Quand je serai rodé et que j'aurai un manœuvre, j'en ferai peut-être un par semaine et ça sera déjà un exploit. » Il m'a regardé par en dessous, mécontent, comme si déjà je cherchais à l'arnaquer. Après un temps de réflexion : « On verra. Je pense que tu peux en faire deux par semaine, mais bon, là il faut mettre un coup de collier parce que c'est l'OPAC, y a des gros chantiers qui suivent. Retournes-y et avance l'appartement de Mme Jeulin.

– Et l'agression, qu'est-ce que je fais ?

– L'agression ? Je vais te donner un bout de câble électrique, ça fait une sacrée matraque. Si jamais ils reviennent, t'auras qu'à en allumer un, après ils t'emmerderont plus. Et s'ils remettent ça quand même, je leur enverrai du monde. Viens avec moi. »

Je l'ai suivi. Il m'a refilé un gros câble électrique recouvert de caoutchouc noir, et quelques recommandations en prime : « Tu gardes toujours ça avec toi quand tu sors du local, et tu ne téléphones plus dans la cité, tu attends d'être dans le local ou dans la voiture, et n'oublie pas de verrouiller les portières quand t'es au volant parce que c'est là qu'ils peuvent te choper, au feu rouge ou dans le virage après le Franprix. » Il avait l'air de bien connaître la situation, finalement.

Comme c'était ma première journée de travail et que j'étais en période d'essai, je ne voulais pas faire mauvaise impression, aussi j'ai accepté la matraque artisanale – avec l'intention de ne jamais m'en servir.

*

Quand j'ai commencé la plomberie avec mon grand frère Michel, il y a trente-cinq ans de ça, c'était quand même bien plus tranquille. On n'avait pas les portables et on faisait les installations dans des cités vides de tout habitant. Pas un chat, que des ouvriers. Et c'était neuf, on pêchait encore des goujons dans la Marne. Puis tout avait tourné vinaigre et aujourd'hui les mômes nous agressaient. En fait, ça ne leur plaisait pas le boulot qu'on avait fait. Le rêve des architectes s'était révélé un vrai cauchemar pour ceux qui vivaient dedans et les mômes foutaient le feu aux arbres. Les architectes, eux, ils étaient loin dans le Midi, dans des villas surveillées par caméras à infrarouge, ils n'avaient pas pensé plus loin que la longueur de leur piscine et c'est nous qui prenions le revers en pleine gueule.

« Et pour les outils ? Vous deviez me les apporter ce matin, moi là-bas j'ai que mon petit outillage.

– Maichin va s'en occuper. Je me suis arrangé avec lui, c'est pour ça que tu dois y retourner. Il m'a dit qu'il passerait vers quinze heures. Je vais l'appeler pour qu'il t'attende si tu es en retard. »

Il m'a raccompagné jusqu'à la voiture et j'en ai profité pour lui signaler qu'elle avait les pneus lisses, pas de roue de secours et plus d'amortisseurs. D'après lui il fallait faire avec mais *bientôt* tout changerait, on aurait des voitures neuves et des portables, il était sur son gros coup avec l'OPAC. Seulement, en attendant la paye, c'est moi qui devais payer l'essence parce qu'il n'avait pas de liquide.

*

Je venais d'arriver au local quand Maichin est entré. Il était plutôt sympa Maichin, un grand type avec un reste de cheveux filasse et des yeux bleus comme noyés dans l'alcool. Il était malade Maichin, en bout de course. Constamment aux aguets, victime du syndrome de Dallas il regardait toujours de tous les côtés en scrutant les fenêtres et les toits, comme s'il était poursuivi par un fusil à lunette.

Selon lui, ce n'était pas la peine de fermer le local, on n'en avait pas pour longtemps et le gardien avait l'œil dessus. Il a insisté en se marrant : « Il a *l'œil* dessus, tu piges ? » Ça le faisait marrer ce genre de connerie.

J'ai quand même fermé le local, en expliquant : « Vous rigolez, m'sieur, avec la jungle que c'est ici, le cuivre dans dix minutes y en a plus... » Il a eu l'air embêté, mais finalement il a concédé : « C'est vrai ça, le cuivre, j'y avais pas pensé, t'as ce qu'il faut en cuivre ?

– Oui, oui, tout le nécessaire, même du vingt-deux en quantité.

– Oui, mais faut être couvert. On va reprendre du vingt-deux, et du dix-huit aussi... »

Je n'étais pas tout à fait d'accord parce que j'avais bien étudié l'installation et j'en avais conclu qu'on utiliserait surtout du quatorze. Je lui ai dit : « Pas la peine, m'sieur, on a largement ce qu'il faut, même en quatorze.

– Oui mais c'est bien d'avoir de la réserve en gros diamètre. On va reprendre cent mètres de vingt-deux et cent mètres de dix-huit, de l'écroui, et on prendra aussi des couronnes de recuit, ça peut servir le recuit. »

J'ai pensé qu'il était complètement barjo et je n'ai pas insisté. Quelque part c'était moi qui payais le cuivre mais je ne le savais pas encore et on est partis dans sa grosse voiture toute neuve.

« T'as commencé chez Mme Jeulin ?

– Je ne voudrais pas avoir l'air d'un fainéant, m'sieur, mais j'ai que mon petit outillage, c'est pas suffisant pour déposer la chaudière.

– On y va, il m'a dit, tu prendras ce qu'il te faut. »

Il m'a emmené chez Point P. et là : « Vas-y, fais tes courses. »

J'avais besoin de gros outillage, chalumeaux, cintreuses, établi, coupe-tube, ça représentait un sacré paquet de pognon. Il a senti mes hésitations, il m'a rassuré : « Allez, vas-y, prends ce que tu trouves de plus cher, prends pas des trucs qui coûtent rien, vas-y, lâche-toi, prends du Facom, des trucs comme ça. » J'étais pour le moins étonné mais après tout !

J'ai choisi du bon matériel et Maichin me rajoutait des outils, il insistait : « Mais si ! Prends la série de tournevis, là, tu verras, ça te servira avec la série de clefs à cliquet. Et prends une cintreuse à galets aussi, ça te changera de l'arbalète. Et puis des chaussures de sécurité, les tiennes ont besoin de remplaçantes. Et des sangles. Et tiens, regarde-moi cette pince Facom, ça c'est de l'outillage, prends-la. Et il te faut des bottes si jamais t'as des fuites, prends-en deux paires elles sont en solde.

– Je fais rarement des fuites, m'sieur, en tout

cas pas au point d'avoir besoin de mettre deux paires de bottes.

– Prends-les, ça pourra toujours te servir cet hiver. »

À cinq heures on y était encore. Il a payé en liquide et il a demandé aux gars de Point P. de livrer le tout au local le lendemain matin.

Dans la voiture, il me fait : « Dan, il faut que je te parle. T'as l'air d'un mec sympa, voilà la situation : ici tout va péter, moi ils me font bosser dans un Algeco et y a une grue qui l'enlève le jeudi soir avant la visite de Naudin, le grand boss. J'existe pas si tu préfères, mais j'ai des papiers, je peux les faire tous sauter d'un seul coup, c'est tous des ordures, Dan, tous des pourris, y a trop de pognon, trop de liquide, il faut que tu m'aides, OK ?

– Qu'est-ce que vous voulez que je fasse, m'sieur, moi je ne suis qu'un ouvrier, j'y peux rien à tout ce merdier.

– Demain tu vas déclarer qu'on t'a volé les outils, comme ça on retournera en chercher d'autres. Ceux-là, si tu veux, tu peux les prendre, c'est à toi. Tu fileras la moitié d'un biffeton au gardien pour qu'il ferme l'œil qui lui reste. T'as un local ? une camionnette ? »

Je n'en avais pas et surtout je ne voulais pas entrer dans les magouilles ; c'est ce que je lui ai répondu franchement. L'air emmerdé, il m'a demandé si je n'aurais pas des copains que ça intéresserait de prendre les outils le lendemain matin au local pendant que j'irais boire un café avec lui. J'ai dit que non, que je ne fréquentais que des types corrects. Ce n'était pas vraiment vrai mais je ne voulais décidément pas m'impliquer dans ces salades.

« Ça va péter, qu'il a redit, tout va sauter, on doit écouler le liquide tu comprends, y a trop de liquide et il faut des factures pour faire jouer les assurances. T'es d'accord que c'est des putains d'enculées, les assurances ? »

Comme j'étais d'accord il a continué.

« Moi, ils sont venus, ils ont cambriolé chez moi y compris ma cave, ils savent que j'ai des papiers, ils m'ont menacé. L'autre jour j'étais dans l'Algeco et la grue m'a embarqué avec, quand j'ai ouvert la porte j'étais à dix mètres de haut, ça balançait, j'ai failli y passer. Mais les papiers sont en sécurité, ils m'auront pas, ils sauteront avec les barres. »

Je n'en revenais pas. Moi qui croyais avoir trouvé un petit boulot peinard ! Dolto avait été clair : « C'est du chauffage, deux cents logements à faire, des trois pièces, toujours le même agencement, chaudière mixte, tu déposes l'ancienne installation et tu raccordes le sanitaire et les radiateurs, t'as la voiture, t'es autonome, c'est toi le patron, si ça se passe bien je te file une prime par appartement. Après le parc Hoche, si tu termines dans les temps on aura un gros chantier beaucoup plus "classieux", et là je te mets responsable du site, t'auras une voiture neuve, un portable pro et trois gars sous tes ordres. Mais d'abord tu me fais le parc Hoche nickel, ça te va ? »

Cette saloperie faisait semblant de me sucer et déjà il était en train de me la mettre profond. C'est pour ça que maintenant je surveillais le déménagement du coffre, et c'est parce qu'il avait fait plonger Dujardin de cent vingt patates que Dujardin avait une Winchester avec cent quarante-neuf cartouches, un nunchaku et une baïonnette dans le coffre de sa voiture. Lui, c'était fini la planche à voile, le plan logement, la petite maison dans la Creuse et les bons petits plats. Il n'y pensait plus à la pêche. Quant à sa femme, elle s'était tirée avec les deux gosses dès qu'elle avait senti venir le cyclone. Il était seul Dujardin, tout seul avec sa carabine à répétition et son envie de tuer. Et plus personne pour tirer la sonnette d'alarme. On l'avait poussé à la faute et maintenant que le train était lancé je me demandais bien comment il allait l'arrêter. Il y avait du meurtre dans l'air, c'était palpable. On peut dire ce qu'on veut, dans certaines circonstances le meurtre est efficace, et contre cette efficacité, il n'y a pas grand-chose qui tienne la route.

Dujardin, je m'en méfiais quand même. La santé mentale c'est fragile, et bien que le virus soit invisible, la démence peut se révéler contagieuse. Le mal de tête est transmissible. Il faut dire que j'avais plusieurs fois rencontré des exemples assez fracassants des effets dévastateurs du dédoublement de la personnalité. J'avais connu de très près un jeune voyou qui était parvenu à convaincre son psychiatre qu'une attaque de banque avec prise d'otages était la preuve la plus flagrante d'une solide santé mentale. C'est dans cet esprit qu'ils étaient tous les deux passés à l'acte, et le psy s'était fait descendre par le Raid.

Je ne le sentais plus Dujardin, je me tenais à distance depuis notre dernière rencontre devant la boîte. Je m'étais pointé un matin assez tôt histoire de bloquer Dolto mais j'avais fait chou blanc, la porte était fermée et tous les mecs attendaient que quelqu'un arrive, ça sentait déjà le gaz à tous les étages, les mecs n'avaient pas touché leur paye, il n'y avait plus de matériel sur les chantiers, plus de bons d'essence, les commis se défilaient à qui mieux mieux, fallait salement en vouloir pour rester là à respirer l'odeur de misère qui se dégageait aux alentours de la boîte. J'allais m'arracher quand Dujardin est arrivé dans sa bagnole. Elle avait un phare cassé, le gauche, qu'il avait maladroitement rezingué avec du Scotch d'emballage marron et lui, Dujardin, il avait un pansement sur l'œil, le gauche aussi. C'est là que j'ai tout pigé, d'abord le phare et puis lui au volant avec son pansement, y avait comme un signe, les deux yeux gauches amochés, ça puait la gueule de l'enfer. J'ai voulu m'éclipser mais il m'avait vu et c'est moi qu'il a appelé. Je n'y croyais pas. Y en avait d'autres pourtant des mecs devant la porte. Mais non, on aurait dit qu'il me cherchait malheur.

« Qu'est-ce que tu veux ?

– Faut qu'on parle, Dan, monte.

– Je monte pas dans une voiture borgne. Qu'est-ce que tu veux ? »

Il n'a pas répondu, il est descendu et il a ouvert son coffre. Plus personne ne disait rien. Soudain, il s'est précipité sur la porte en fer de la boîte et il a donné de grands coups de nunchaku dedans en gueulant : « Je vais lui défoncer la gueule, moi ! Si vous avez pas les couilles de le faire moi je vais lui mettre cent quarante-neuf pruneaux dans le bide ! Je croyais que t'avais des couilles toi, Dan ! Je croyais que t'étais un homme ! »

Du coup je suis revenu vers lui, c'était pas un nunchaku qui allait me faire peur.

« Pourquoi tu me parles comme ça, toi ? »

Les autres nous regardaient parce que ça sentait déjà le sang. Ils s'étaient un peu éloignés en formant un demi-cercle et du coup ce bout de trottoir était devenu un ring. Dujardin a arrêté de taper sur la porte et il s'est avancé vers moi avec son nunchaku et son pansement sur l'œil. J'étais prêt, pas de problème, j'attendais qu'il attaque et j'étais sûr de l'allumer parce qu'il était nerveux, parce qu'il ne se maîtrisait pas et qu'en plus, maintenant, la moitié gauche de la réalité lui échappait. J'allais lui casser les deux bras à l'articulation des épaules et il se tordrait de douleur sur le goudron comme un ver de terre piqué par une tarentule. Quand il a senti ma détermination sans faille, il a laissé tomber.

« Il va tous vous enculer ! Mais moi je vais le plomber !

– Il mérite pas, crois-moi mec, il mérite pas. Laisse tomber, moi je vais m'en occuper mais à ma façon, dans le légal. C'est important le légal, mec, tu devrais y penser... »

Il ne m'a pas répondu. Il s'est dirigé vers sa voiture et c'est là qu'il a sorti la Winchester qu'il a armée d'un coup sec, comme dans les westerns. Tous les autres ont commencé à se tirer dans tous les sens, je peux vous dire que ça cavalait. Moi je m'étais mal positionné. S'il voulait m'allumer j'étais cuit, trop loin pour lui foncer dessus, trop près pour me sauver, alors je n'ai pas bougé, j'ai attendu parce qu'il y a loin de la coupe aux lèvres, mais en fait il n'en avait pas après nous. Il s'est mis en face de la porte et il a tiré dedans. Il a dû réveiller toute la banlieue est en dix secondes et puis il est remonté dans sa caisse et il est parti sans un mot. Les douilles brillaient sur le trottoir et dans le caniveau, ça craignait à mort l'odeur de la poudre, alors je me suis tiré vite fait à mon tour parce que les flics n'allaient plus tarder. On l'avait quand même frôlée la faucheuse avec cet abruti et, tandis que je roulais vers la banlieue ouest, je me suis bien juré de l'éviter un maximum. Il lui avait fait du mal, Dolto.

Il fallait être con, aussi, pour l'inviter à bouffer chez lui...

« Tu viens ce soir, hein, Nicole a préparé un sauté de veau rien que pour Antonia... »

Nicole, c'était la femme de Dujardin. Non seulement elle l'avait plaqué mais elle s'était mise à la colle avec la directrice de la banque dans laquelle elle bossait comme caissière. Ça ne l'a pas arrangé non plus Dujardin cette histoire-là.

*

Une fois le coffre embarqué, ils ont refermé les portes et Dolto est monté dans sa voiture. Moi, d'un petit toit en surplomb, aux premières loges, j'avais assisté à toute l'opération sans rien manquer parce que le bâtiment possédait de grandes baies vitrées et que la cour était bien dégagée. C'était à Montreuil, derrière Mozinor, juste au bord de l'autoroute. Il était aux environs de trois heures du matin quand ils sont partis, en convoi. Je les ai suivis avec ma vieille Ford Sierra 88.

Ils sont revenus sur Paris, ils roulaient assez vite, Dolto devant dans sa Mercedes noire. Ils ont pris le périph sud, ils sont sortis direction Rouen, et après, direction la Normandie.

J'étais un peu inquiet parce que je n'avais pas le droit de sortir de chez moi, j'étais en maladie depuis maintenant trois mois. Depuis le foyer Sonacotra. C'est là que ç'avait cassé. J'avais déboulé chez le Dr Patouillard avec mon téléphone portable sur lequel j'avais enregistré des photos. J'étais assez énervé. J'ai dit au toubib : « Je vais le tuer, docteur, il faut faire quelque chose parce que j'ai envie de le tuer, je ne dors plus ! Regardez ! Regardez ! » Je lui collais les photos de mon portable sous le nez. Il ne pigeait pas, même avec ses lunettes : « Qu'est-ce que c'est, monsieur Mamout ? Des étrons ?

– Des tuyaux bouchés, je martelais, des tuyaux qu'on raccorde ! Vous pigez ? »

Pas vraiment.

« Sur tous les étages du foyer, docteur, on remet des bouts de tuyau neufs, on les raccorde à des tuyaux bourrés de merde et les mecs ils auront beau mettre du Destop ça sera toujours pareil docteur, toute la colonne sera toujours bouchée ! Et regardez ça ! »

Je lui ai montré les baignoires pour handicapés dans les appartements de l'OPAC à Sartrouville, là aussi j'avais fait des photos. « Pas de scellement aux pieds, docteur, c'est tenu par le coffrage, si jamais le coffrage bouge la baignoire se casse la gueule. Chez des handicapés docteur ! J'en peux plus, je vais l'étrangler ! »

Le toubib m'a arrêté trois semaines dans un

premier temps. Quand je suis venu le revoir trois semaines plus tard, pieds nus et en pyjama, il m'a dit : « Ça ne s'arrange pas, monsieur Mamout, il va falloir songer à voir quelqu'un.

– Qui ça *quelqu'un* ? »

Il a été franc : « Un psy. » Mais là, je n'étais plus d'accord. Je lui ai dit : « Faut me sortir de là, docteur, faut me donner les bons médicaments. Je peux vous parler franchement ? » Il m'a dit que oui, alors j'ai craché le morceau : « Les petites pilules roses que vous m'avez données je ne les prends plus parce que ça me fait éjaculer trop vite. À peine je suis dedans et zou ça fait comme de l'eau.

– Comme de l'eau ?

– Oui, c'est ça, ça m'empêche de durer longtemps, et même ça me gratte le cul.

– C'est impossible, monsieur Mamout, ça n'a rien à voir.

– Sauf que quand je ne les prends plus je baise normalement et que ça ne me gratte plus le cul.

– Vous allez voir quelqu'un. Je m'en occupe. En attendant, faites-vous plaisir et ne pensez plus à Dolto, essayez de l'oublier, ça va se tasser. Vos idées de meurtre, c'en est où ? Le pistolet, là, votre histoire de roulette ? »

Parce que, avant de m'endormir, je voyais souvent un revolver qui tournait en l'air, un gros revolver, un 357 combat Magnum six pouces pour être précis, il tournait au ralenti, une magnifique image virtuelle et numérique, on distinguait nettement le barillet et les balles. Le revolver tournoyait comme sur un écran d'ordinateur géant. Ça me rappelait la roulette argentine.

La roulette argentine, c'est simple : vous vous réunissez à plusieurs et vous vous tenez debout autour d'une table. L'un d'entre vous saisit un revolver dont le barillet est plein. Il arme le chien et jette le revolver en l'air. Quand le revolver retombe sur la table, soit le choc sur la crosse est assez fort pour actionner le ressort du chien, soit il ne se passe rien. C'est le hasard qui décide. Si le coup de feu part, c'est encore une fois le hasard qui décide qui sera touché (ou non) selon la direction prise par le canon de l'arme à l'instant du départ de feu. On y jouait, dans le temps, avec mon ami Jo.

« Allo, monsieur Mamout ? Vous êtes-là ? Y a quelqu'un ? (Le docteur agitait ses mains devant moi.) Vos idées de meurtre, c'en est où ? Le pistolet, là, votre histoire de roulette ?

– Faut être précis avec les armes, docteur, c'est pas un pistolet, c'est un revolver, un 357 combat Magnum six pouces, ça fait des dégâts, le 357, c'est pas comme au cinéma, docteur... »

Mon pote Jo, un jour, à la sortie d'une boîte, il avait passé son 357 à Saïd et il lui avait dit : « Tu sais ce qu'il te reste a faire... » Saïd a pris l'arme et il a mis une balle dans la tête du mec qui lui faisait face. C'est terrible le 357 à canon court, toute la tête explose, ça fait bizarre quand le front descend sur la mâchoire…

Patouillard m'a coupé la parole parce que je lui avais déjà raconté l'histoire, paraît-il. « Votre ami Jo, c'est bien celui dont on a retrouvé le cadavre dans une malle ?

– Oui c'est lui, docteur, un type extra, très courageux mais bon… Moi maintenant j'ai envie d'étrangler Dolto, c'est son cou qui m'attire, mes mains sont attirées vers son cou, un jour je ne vais pas pouvoir les retenir, ma femme a peur, docteur, elle a peur quand je la caresse, vous avez vu la gueule qu'elles ont mes mains maintenant ? »

Il m'a ausculté. Ça n'allait pas. Tension en dents de scie et des chiffres qu'il avait du mal à interpréter.

« Arrêtez de bouger cinq minutes… »

Après, il a comparé les résultats à la prise de sang et au rapport de la dermato. Je souffrais d'un « lichen plan », une sorte de lierre grimpant qui me léchait sous la peau.

« Ça va docteur, c'est pas méchant quand même ?

– Non, mais le lichen plan est typiquement psychosomatique. Vous savez ce que ça veut dire psychosomatique ? »

Je lui ai répondu que non parce que je jouais au blaireau. C'était préférable qu'il me prenne pour un ignorant mais en réalité je savais évidemment que c'était une alerte physique relative à un problème psychologique.

« Ça signifie que vous devez voir quelqu'un, monsieur Mamout. Il faut nous écouter, votre problème est sérieux, il faut respecter l'ordonnance. Je vais vous donner des médicaments qui devraient supprimer vos démangeaisons. Mais prenez-les régulièrement. »

Il m'a refait une ordonnance en me parlant comme à un gosse, me répétant dix fois qu'il fallait que je voie *quelqu'un*, que ça devenait urgent. Il m'a arrêté trois mois. Carrément. Il prenait un risque vis-à-vis de la médecine du travail mais après j'ai compris pourquoi : il avait suivi un forcené qui avait fait la une des médias après avoir tué trente-sept personnes dans un cinéma parce qu'il n'aimait pas le film. Et il n'avait rien vu venir, Patouillard, alors il faisait gaffe maintenant.

*

Ah j'étais content de mon coup ! Je chantais dans la rue. Trois mois d'arrêt maladie ! Trois mois d'arrêt maladie, tsoin, tsoin ! C'est Dolto qui allait en tirer une gueule à la réception de la feuille bleue ! Moi j'allais en profiter pour examiner d'un peu plus près ce qu'il tramait. Ça chauffait dans la boîte. Pourtant, Dolto ne voulait licencier personne. Moi pas plus que les autres.

Il me devait du fric. Cent euros. Une somme minable certes, mais symbolique. Il refusait de le reconnaître et moi je refusais de passer l'éponge. Ça s'était passé dans les appartements du parc Hoche dont j'ai déjà parlé. J'avais avancé le chantier vaille que vaille, les retards s'accumulaient étant donné que Maichin faisait cambrioler le local assez régulièrement afin de racheter des outils et du cuivre pour avoir des factures. On rachetait perpétuellement du matos que l'assurance devait rembourser, je suppose, enfin c'était une affaire qui tournait. Un peu comme Francis le Belge mais chez les mimiles.

Les flics en avaient marre de me voir. Dès que j'arrivais à la brigade, le planton se foutait de moi : « Ils sont rentrés par où ce coup-là ? » Mais qu'est-ce que je pouvais dire ?

Maichin gardait tout le temps un gros sac plein de liquide dans le coffre de sa voiture. Puis un jour je ne l'ai plus revu Maichin, il paraît qu'il était parti aux Caraïbes, qu'il se la coulait douce. C'est Dolto qui m'a dit : « Maichin ? T'en fais pas pour lui, il est en vacances, en train de limer des vahinés en buvant de la vodka. »

Le gardien qui n'avait plus qu'un œil, il n'y croyait pas aux Caraïbes. « T'y connais rien Dan, Maichin tu risques pas de le revoir de sitôt ! » Il connaissait le dessous des cartes. Peut-être pour ça qu'il restait dans sa loge et qu'il n'allait plus du côté des barres, ou alors armé et à plusieurs.

Un matin, je me souviens, j'arrive avec Makalou, un manœuvre africain qui travaillait avec moi depuis trois mois, un bon gars bosseur, honnête et tout, une masse de cent vingt kilos gentil comme un agneau mais qu'il ne fallait pas bousculer et avec qui je pouvais me balader dans la cité sans que personne m'emmerde. On gare la voiture, j'ouvre la porte du local quand quelqu'un m'appelle, je me retourne et je vois le gardien déguisé en femme de ménage qui vient vers moi. Essoufflé, des gants de caoutchouc rouges de sang jusqu'aux coudes, un seau d'eau rouge avec du sang plein la serpillière, il me dit : « Tu peux pas t'imaginer Dan, j'ai jamais vu ça en vingt-sept ans que je suis là... » Ses bottes vertes étaient maintenant rouges, comme s'il avait égorgé un cochon.

Les flics étaient venus le chercher vers cinq heures du mat' pour qu'il les fasse entrer avec son passe dans un appartement. La porte ouverte, un type lui était tombé dessus, encore vivant, pissant le sang comme une passoire. Quatre-vingt-sept coups de couteau qu'il avait reçus le gars. Les flics ont raconté au gardien qu'une heure plus tôt ils avaient vu débouler un homme et une femme portant des fringues maculées de sang. Ces deux abrutis affirmaient qu'ils avaient perdu les clefs de leur appartement et qu'ils ne pouvaient plus rentrer chez eux. Les flics, reniflant l'embrouille, les avaient enfermés en cellule. Puis ils étaient venus trouver le gardien et ils avaient découvert le type transpercé comme une écumoire à légumes. Et c'étaient eux, le couple là, les deux abrutis, qui l'avaient tué. Chez eux ! J'ai demandé : « C'est des Noirs ?

– Non, non, un couple de Gaulois comme toi et moi. Faut être taré pour inventer cette histoire de clefs perdues... même dans le pire film... du sang jusqu'à la porte de l'ascenseur... tu peux pas t'imaginer Dan...

– Toi et moi on est pas un couple », je lui ai dit pour détendre l'ambiance, mais il n'a pas capté.

Je lui ai dit encore : « Tu devrais te méfier quand même, si des fois il avait le sida... » Il a blêmi. Il a balbutié : « Oh putain ! Oh le con ! » et il a filé en courant vers sa loge.

« Avec le *médicament* le bonhomme n'aurait rien eu. Il n'avait pas le médicament. Vous les Blancs vous n'avez pas le médicament.

– Qu'est-ce que tu me racontes, j'ai dit à Makalou, médicament ou pas, il y passait. Allez, viens, on file à Hoche. »

Quand on est revenus le soir il y avait une voiture de flics près du local, ils venaient d'arrêter le médiateur de la cité avec trente kilos de shit dans le coffre de sa voiture, un jeune choisi par la mairie pour faire tampon avec les bandes.

*

Chaque fois qu'on finissait un appartement, le locataire devait nous signer un « quitus » comme quoi tout fonctionnait parfaitement et qu'il n'y avait pas de dégradations et ça, Dolto il y tenait au quitus. Parce qu'à chaque quitus il encaissait la monnaie. Jusqu'au jour où je tombe sur un couple qui refuse de signer le quitus parce qu'on avait légèrement brûlé le papier peint du salon. Un geste de fatigue. Le chalumeau éteint trop tard alors qu'il est encore près du mur. Pas de quoi casser trois pattes à un connard mais le mari, un petit mec chauve bétonné dans ses certitudes, ne voulait pas en démordre. « Je signe pas le quitus, mon papier peint est foutu. » J'ai été obligé d'appeler au bureau.

Dolto me répond : « Propose-lui cent euros en liquide pour le désagrément. »

Je remonte chez le client. Qui accepte.

Je rappelle Dolto qui me demande d'avancer les thunes. J'étais juste, mais je les sors. À la paye, je lui réclame mes cent euros.

« Quels cent euros ?

– Les cent euros pour le quitus. »

Il fait celui qui ne s'en souvient pas. Je lui rafraîchis la mémoire. Il maintient *mordicus* qu'il ne m'a rien demandé.

« Tu crois (maintenant je le tutoyais) que j'aurais donné cent euros pour avoir un quitus ? Mais je m'en fous des quitus ! Moi je fais mon boulot. Le chauffage marche, ils ont de l'eau chaude pour le week-end, avec Makalou on se décarcasse pour aller vite et que ça soit propre, c'est tout. Bon, on a eu un accident avec le papier peint, tu m'as dit de lui filer cent euros et que tu me rembourserais après...

– Jamais, Dan ! Jamais j'aurais proposé cent euros à cet enculé. Je sais pas où t'as été inventer ça. »

À partir de là j'ai eu envie de l'étrangler.

Puis un jour, Naudin, le boss de l'OPAC s'amène pour visiter les appartements. On arrive dans celui du papier peint brûlé et je dis au type, devant le boss : « Et mes cent euros en liquide vous pouvez me les rendre maintenant qu'on vous a refait la peinture gratos. » Le boss dresse l'oreille : « Quoi ? qu'est-ce que c'est ? » Moi : « Je lui ai refilé cent euros en liquide pour qu'il signe le quitus mais comme il vous a fait refaire tout l'appartement pour une petite brûlure sur son vieux papier peint, il peut me rendre mes thunes. » Le type proteste avec sa femme qui appuyait le propos, fermement installée à son côté : « Ça va pas, non ! Vous m'avez rien donné, qu'est-ce que c'est que ça encore ! Moi si ça continue, ça va remonter jusqu'à Coupeau cette affaire ! » Et elle solidaire comme la merde aux semelles : « Ah oui, m'sieur Naudin, ça va remonter à Coupeau ! »

Salauds de pauvres comme dit Gabin dans *La Traversée de Paris*. Piquer cent euros à un ouvrier comme lui et mentir avec un aplomb pareil !

Naudin m'a pris à part, il voulait pas que ça transpire vers la France d'en haut : « On va vous les rendre, je vais m'arranger, écrasez le coup, je m'en occupe. »

Il ne s'est occupé de rien et je n'ai jamais revu mes cent euros.

Ne me parlez pas de la classe ouvrière s'il vous plaît. Jamais.

*

C'était bien vers la Normandie qu'on se dirigeait et j'étais curieux de savoir ce qu'ils allaient faire du coffre. En roulant, je repensais à tout. Je les avais encore accrochés aux amygdales ces cent euros. Encore une fois, pas pour la somme elle-même, minable il est vrai, mais pour le principe. Un principe en principe ça ne se négocie pas, c'est tout d'une pièce, c'est symbolique. Là, le symbole me faisait mal au crâne, il tournoyait à l'intérieur comme une chauve-souris qui cherchait la sortie et ça me donnait le vertige des grandes noirceurs.

Je n'en étais pas au point extrême de Dujardin, parce que Dujardin c'était quand même autrement plus velu ce qu'il lui avait fait Dolto : il l'avait bel et bien entubé de cent vingt briques. Et maintenant Dujardin savait tout. Abdel lui avait craché le morceau à table, un midi au restaurant, quand on bossait pour La Lyonnaise, en sous-traitance. Abdel n'avait plus supporté d'entendre Dujardin se glorifier de son amitié avec Dolto : comme quoi maintenant ils étaient associés à cinquante cinquante, et que Dolto venait bouffer chez lui avec Antonia qui s'entendait comme cul et chemise avec Nicole, et que Dolto et Antonia venaient passer le week-end dans sa maison en Creuse, qu'ils allaient à la pêche et que « Dolto mon vieux c'est quelqu'un de *capable* tu peux me faire confiance... », il disait en s'essuyant la moustache.

Mais subitement, Dolto avait cessé d'aller chez les Dujardin et il était devenu insaisissable. Dujardin cavalait partout : «Vous l'avez pas vu ? Merde, je l'ai loupé de cinq minutes ! »

Dolto lui faisait des coups pendables qu'un gamin de huit ans n'aurait pas gobés. Et il plongeait dedans le Dujardin.

J'avais prévenu Abdel, je lui avais dit : « Ferme-la, ça va lui faire plus de mal que de bien, remue pas le couteau dans la proie. » Mais Abdel avait un côté apprenti sorcier, il voulait voir ce que ça donnerait de crever l'abcès. Je persiste à penser qu'il aurait mieux fait de la fermer parce que c'est à partir de là que Dujardin a fondu les plombs.

En roulant, je pensais aussi à comment ils avaient pourri le métier de plombier. Maintenant, le plombier devait même faire de la VMC et de la clim. Maintenant, le plombier devait savoir tout faire parce que la concurrence avec les gars venus de l'Est était assez féroce, eux ils bossaient pour pas une thune et avec ce rien, chez eux, ils devenaient propriétaires. Nous ici, les Gaulois, les tauliers ne voulaient plus de nous, même si on faisait bien le boulot. Ils n'en avaient plus rien à foutre que le boulot soit bien fait. Après eux le déluge. Pour les tauliers, c'était impeccable d'avoir des peintres pakistanais, des maçons turcs, des plaquistes roumains, et bien sûr ces fameux plombiers polonais dont les médias se sont subitement emparés mais dont personnellement je n'ai jamais vu l'ombre sur aucun des nombreux chantiers où je suis passé, bref, pour les tauliers pas un clan qui parle la même langue que l'autre, du communautarisme à la louche, aucun syndicalisme possible, un sacré putain de bordel spécialement aménagé pour l'ultralibéralisme triomphant comme disent les journaux… impeccable ! Bientôt, ici aussi ils feront de nouveau trimer les enfants, on y reviendra, qu'est-ce que vous croyez ? Ça commence par des castings pour les couches-culottes, ça finira par des entretiens de débauche en présence des parents pauvres. Le fric pourrit tout. L'ordure avance, les gens sont prêts à tout pour le fric, même à vendre leurs gosses et à leur faire exhiber leur cul devant des millions de télémateurs, tout ça pour leur ouvrir un livret A avec un peu de pognon dessus et c'est pas ce genre de petite thune qui l'empêchera de se choper une bombe dans le RER B ou une hépatite C. Sur les chantiers, on n'a pas la même vision de l'Europe que sur un banc de l'Assemblée nationale ou dans un fauteuil au conseil régional des Hauts-de-Seine, c'est clair.

Dolto, il avait un turn-over infernal, je comprenais maintenant sa politique patronale : un type comme moi, il le chargeait pire qu'un bourricot ; je faisais à la fois chef de chantier, manœuvre et ouvrier, je faisais environ cinq métiers : le chauffage, la plomberie, la clim, la VMC et des fois l'électricité, tout ça pour le même prix. Puis, une fois que le type était au bout du rouleau physiquement, Dolto faisait tout pour le dégoûter et le pousser à la démission. Un jour qu'on s'était engueulés il me l'avait dit en face : « Tu seras dégoûté avant moi. »

Et c'est vrai que j'étais dégoûté, et pas que du boulot. Je voyais tout en noir. Ma femme me disait : « Mais arrête donc de voir tout en négatif comme ça, change de boîte, y a pas que Dolto sur terre ! »

J'étais pourtant bien obligé de regarder la réalité dans les yeux. Est-ce que c'était ma faute s'ils étaient pourris, bouffés par les rats, les yeux de la réalité ? Dans certaines caves et entrepôts de l'École de mécanique générale de la marine, on mettait un rat vivant dans un tube en acier et on enfonçait le tube dans le cul d'un homme.

« Et qu'est-ce qu'il fait le rat, soldat ?

– Il avance, sergent.

– Et pourquoi il avance, soldat ?

– Parce qu'il peut pas reculer, mon lieutenant, vous avez condamné l'arrière du tube. Et il a faim le rat, mon lieutenant, alors il va de l'avant, là où ça pue, il avance vers le trou du cul du salopard qui veut pas parler, mon lieutenant.

– Et une fois qu'il a bouffé le trou du cul du salopard, qu'est-ce qu'il fait le rat, soldat ?

– Il cherche la sortie donc il avance dans les intestins mon colonel.

– Et après, soldat ?

– Après, normalement le salopard parle, mon général !

– Et si le salopard ne veut pas parler, soldat, qu'est-ce que vous faites ?

– Je lui fais bouffer le rat et je le balance vivant d'un hélicoptère, monsieur le président ! »

C'était pas moi qui l'avais inventée cette histoire du rat, c'était cette bonne vieille putain de réalité soi-disant humaine.

Ma femme ne lisait pas beaucoup, elle préférait regarder des livres avec des photos de vitraux, des images idéales sur papier glacé. Elle ne voulait voir que des belles choses. Une façon comme une autre de se boucher la vue. Mais elle avait beau dire, elle était noire la réalité. Et moi, les vitraux de la cathédrale de Limoges, je n'en avais rien à cirer. Pour le moment, ce qui m'importait c'était de ne pas lâcher Dolto. C'est lui qui allait démissionner.

*

On a atteint la côte normande aux environs de sept heures, moi toujours derrière le convoi, à distance.

On a grimpé une petite route en lacet, puis ils se sont garés. Je les observais de loin, à l'aide de mon appareil photo muni d'un objectif à très longue focale. Un 210 mm AF Nikkor. Ils ont extirpé le coffre de la voiture et ils l'ont balancé dans la mer du haut de la falaise.

Dolto a remis une enveloppe à l'un des trois malabars et ils se sont séparés.

J'ai suivi Dolto qui s'est dirigé vers la ville, petite ville classique de bord de mer avec un port de plaisance et des restaurants proposant des moules à toute heure.

On a traversé la ville, et nous revoilà sur une petite route en lacet grimpant vers les falaises. Un quart d'heure plus tard, Dolto pénétrait dans une propriété privée. J'ai garé ma voiture et j'ai continué à pied pour ne pas me faire repérer.

La propriété en question s'est révélée être un manoir baptisé « La mare au diable ». Ça ne m'étonnait pas de Dolto un nom pareil.

Enfin, si, ça m'étonnait quand même. Un manoir...

Ma décision a été rapide : je suis redescendu en ville et j'ai pris une chambre d'hôtel. Ça coûtait bonbon mais je n'avais pas l'intention de rester plus d'une journée ou deux. Je ne savais pas exactement ce que j'allais faire mais j'allais le faire. Avec les photos, déjà, je pouvais me démerder en justice si je ne disais pas que c'était moi qui les avais faites. Je pourrais toujours dire qu'on me les avait envoyées par la poste. Je n'en étais pas vraiment à l'idée du meurtre en légitime défense, je naviguais plutôt dans les environs d'un handicap à vie, genre méchant boitement, un truc qui s'aggraverait dans la hanche avec la vieillesse afin qu'il ne m'oublie jamais. Déjà j'aurais dû me dire que ça n'allait pas de raisonner comme ça, mais j'étais comme Dujardin moi aussi sans le savoir, un Dujardin avec une fleur dans le canon mais quand même avec des oiseaux noirs dans la tronche.

Je me suis douché et j'ai téléphoné à ma fcmmc. Elle était inquiète au plus haut degré, elle n'avait pas dormi de la nuit, d'autant que le toubib lui avait téléphoné parce qu'il trouvait extrêmement inquiétant que je me sois présenté à sa consultation en pyjama et en chaussons. Comme si j'avais impérativement besoin de m'habiller pour un rendez-vous à huit heures du mat' à vingt mètres de chez nous ! J'ai rassuré ma femme, je lui ai dit que ça allait très bien, simplement j'allais me coucher parce que je n'avais pas dormi de la nuit. Quand elle a appris que j'étais au bord de la mer, elle en est restée coite. J'ai été obligé de dire : « T'es là, chérie ? Tu m'entends ?

– Oui, je t'entends mais maintenant c'est toi qui vas m'écouter. Tu vas rentrer immédiatement à la maison. Tu laisses ta voiture là-bas et tu reviens en train ! Et d'abord qu'est-ce que tu fais en Normandie ? T'es tout seul ? »

Je lui ai expliqué la situation, que je suivais Dolto après l'avoir grillé en train de faire un faux cambriolage du coffre-fort et que je voulais essayer de découvrir ce qu'il traficotait dans la région. Elle n'était pas du tout d'accord, un parce que j'étais en maladie, deux parce que ma voiture n'était pas assurée. Je l'ai amadouée en lui promettant que je prendrais le premier train aux environs de quatorze heures. Auparavant, j'avais vraiment besoin de dormir un peu. « Et tes médicaments, tu les as avec toi ? »

Je ne les avais pas et de toute façon je ne les prenais plus en raison de leur contre-effet sexuel. D'ailleurs je n'étais pas malade, je faisais semblant pour rester en arrêt maladie et mettre ainsi la pression sur Dolto afin qu'il me vire.

Je ne l'ai pas avoué à ma femme que je ne prenais pas les médocs. Elle avait le respect de la médecine et elle n'aurait pas apprécié d'apprendre que je baratinais Patouillard. Elle pensait que je n'allais pas très bien depuis que j'avais des ennuis dans mon travail. Mes mains et ma nervosité lui donnaient du souci. Mais elle était loin de se rendre compte de la force que je mettais en jeu pour me dominer, pour ne pas, moi aussi, me balader avec une Winchester en bandoulière. Elle ne réalisait pas à quel point j'étais épuisé par l'énergie dépensée à contrôler la violence qui réclamait de se déverser sur le responsable de mes ennuis.

« Oui ma chérie, ne t'inquiète pas, je suis sérieux avec les médicaments, je ne rigole pas avec la médecine, je les ai avec moi. »

Elle était peut-être un tout petit peu rassurée, de toute façon elle ne pouvait rien faire d'autre que me faire confiance. Elle m'a demandé de la rappeler dès que je serais réveillé.

*

La chambre était impec et le lit moelleux. Il ne me manquait qu'elle près de moi mais autant dire que ce n'était pas son genre de jouer les monte-en-l'air aux environs de trois heures du matin pour finir en Normandie sans prendre ses médicaments. Elle aimait vivre à un rythme pépère, à la maison on se couchait vers dix-onze heures, jamais plus tard, on regardait un film ou alors elle faisait des mots croisés pendant que je réfléchissais, allongé, les mains derrière la tête. Elle me disait : « Mais pourquoi t'es toujours à réfléchir ? À quoi tu penses ?

– Je pense à avant et j'essaye d'imaginer ce que ce sera après en me basant sur ce que c'est devenu. »

Elle me dévisageait longuement, mes raisonnements la déstabilisaient, pour elle il s'agissait là d'énigmes à tiroirs. Elle assumait mal ce qu'elle nommait *mes contradictions* parce qu'elle était toute d'un bloc et sans aucun doute sur une quantité phénoménale de propos, c'était une sorte de bulldozer de la pensée quotidienne qui faisait froid dans le dos quand il se mettait en marche et qu'il vous fonçait dessus. Avec elle j'évitais au maximum les débats d'idées et je me rattrapais au lit. De son côté, elle pensait que j'avais un petit grain mais ça me conférait un certain charme à ses yeux. Elle avait épousé une sorte d'ouvrier qui savait de temps à autre mettre les mains dans la merde jusqu'aux couilles tout en gardant la tête quelque part dans les étoiles.

Quoique très fatigué, je ne parvenais pas à trouver le sommeil. L'air marin, probablement. Mes jambes tressautaient, mes mains s'énervaient, le lichen plan devenait envahissant ; quand je fermais les yeux, le revolver tournait en l'air au ralenti et son canon me menaçait. Alors je me suis relevé et je suis descendu pour prendre un petit-déjeuner.

J'étais tout seul dans la grande salle à manger et

c'était vraiment la classe : on pouvait se servir à volonté en pain, croissants, beurre et confitures, thé ou café au lait, même des œufs au bacon et du fromage blanc à la louche avec du jambon. Je ne savais plus ou donner de la tête. J'ai opté pour un grand bol de café au lait avec des tartines au camembert. Je m'en suis mis une sacrée ventrée parce que c'était un prix unique et qu'il n'y avait personne dans la salle, pas même un serveur. Par la grande baie vitrée je pouvais voir la mer qui penchait nettement à gauche, j'étais bien.

Ensuite je me suis baladé. Le ciel était couvert mais il ne pleuvait pas, l'air était tiède, des gens promenaient leur chien, des mômes faisaient du karting, des vieux jouaient aux boules. J'enviais tous ces gens parce qu'ils ne connaissaient pas Dolto et que, par conséquent, leur vie n'était pas pourrie comme la mienne. Ils étaient insouciants, ils n'avaient mal nulle part, leurs mains ne se crispaient pas dans leurs poches, tandis que moi j'étais dévoré par un lichen plan, putain de plante parasite que je ne parvenais pas à éliminer. J'allais lui mettre mon poing dans la gueule à Dolto, ça me ferait du bien. Ça soulage quand vous défoncez la gueule d'un superconnard. Comme sur le chantier d'Ecquevilly où Dolto m'avait expédié en urgence, suivant sa stratégie de me dégoûter en me faisant bouger sans arrêt.

Je travaillais alors à Sartrouville, il m'avait téléphoné, je devais laisser le boulot en plan et, accompagné de Makalou, rallier Ecquevilly pour y finir la VMC parce que le sous-traitant avait lâché le chantier. À Sartrouville nous travaillions dans une cité d'urgence, nous rénovions les salles de bains chez des handicapés dont les parents avaient la charge. La cité avait été bâtie sur un plateau où soufflaient les huit cents vents du diable. Il fallait faire attention une fois dehors parce que les grands containers en plastique qui servaient de poubelles, propulsés par de brutales bourrasques, s'envolaient soudain malgré leur cent cinquante kilos d'inertie. Si par malheur vous vous trouviez à cet instant sur leurs trajectoires azimutées vous étiez bon pour l'hôpital, voire pour la morgue.

Avec Makalou on transportait les baignoires dos à dos afin que l'un de nous ait toujours les containers dans son champ visuel. Quand les poubelles folles nous fonçaient dessus sans prévenir, celui qui était en face criait : « Lâche tout ! » Alors nous nous jetions sur le sol en nous cachant derrière la baignoire. Les grands containers à quatre roues nous survolaient en rock'n'rollant dans l'air pour aller le plus souvent s'éclater contre les façades de la cité, répandant dans leurs rebonds bruyants les détritus contenus à l'intérieur.

J'avais surnommé le chantier *sale trou vil*, mais en vérité Sartrouville tirait son nom d'une forêt qui avait été entièrement essouchée sur ces hauts plateaux où les anciens ne se seraient certes jamais établis au vu des vent terribles qui sévissaient à cette altitude. Chez moi, le soir, si je n'étais pas trop crevé, j'aimais bien chercher dans un dictionnaire l'origine des mots qui m'intriguaient. Sarches qu'elles se nommaient, du temps des Gaulois, les souches de la région.

À Sartrouville nous étions quatre ouvriers : Makalou, moi et deux intérimaires. L'un d'eux se prénommait Samir, c'était un Tunisien d'une trentaine d'années extrêmement sympathique qui s'était lancé dans la plomberie un peu trop rapidement, sans formation autre que sur le tas, en intérim. Ce genre-là fait généralement un maximum de dégâts sur les chantiers, mais, la bonne volonté aidant, les types s'améliorent avec le temps. On leur montre des combines et ils les enregistrent. C'était exactement le cas de Samir, j'intervenais régulièrement dans les salles de bains dont il avait à s'occuper avec son collègue qui n'était pas plus formé que lui. Je leur montrais comment faire, le simple respect des pentes d'écoulement, les emboîtures dans le bon sens, l'allumage contrôlé du chalumeau, et surtout comment ne pas forcer un pas de vis sur les siphons en plastique parce que ensuite il n'y a plus rien à faire contre la fuite : filasse, Gébajoint, Kolmat ou autre Téflon, pas la peine d'insister, l'eau passera quand même. Forcer les pas de vis en plastique, c'était son vice à Samir, il s'entêtait à visser les siphons dans le sens inverse des aiguilles d'une montre, une sorte de compte à rebours maladif dont il ne parvenait pas à se débarrasser malgré mes multiples remontrances.

« Les pas de vis à gauche c'est le gaz, Samir, seulement le gaz… »

Ce blocage mis à part c'était un gars vraiment sympathique, toujours joyeux et généreux. Le vendredi, après que nous lui avions donné un peu de liquide, il se faisait une joie de transporter une grande gamelle dans le RER. Il nous offrait un couscous délicieux fait par sa mère et nous nous régalions tous les quatre dans l'appartement désaffecté qui nous servait de local. C'est là que nous entreposions les éléments utiles aux installations et nos outils, là aussi qu'était notre vestiaire, une petite pièce où nous avions installé des planches avec des clous à chevrons en guise de portemanteaux.

Samir m'aimait beaucoup parce que, bien sûr, une fois son incompétence démasquée, il se faisait virer régulièrement des chantiers par les chefs d'équipe, alors qu'avec moi, pour une fois, ça ne s'était pas passé comme ça. Après trois jours j'avais remarqué qu'il n'y connaissait pas grand-chose et je l'avais pris à part afin d'en savoir plus. Il était marié, il avait deux gosses, il ne tenait pas du tout à reprendre la boîte de son père – une auto-école aux portes de la capitale –, il préférait nettement l'ambiance des chantiers où il se pointait toujours de bonne humeur.

Bon, j'avais pris la décision de ne rien dire au commis sur son incompétence parce qu'il lui aurait signé sa feuille d'heures sans délai en cochant la case « Fin de mission ». J'aidais Samir à progresser dans le métier, ça me faisait un surcroît de travail mais au moins c'était moi qui me l'étais donné. Du coup Samir était encore plus joyeux, quand ils traversaient l'espace venteux avec son compagnon je l'entendais qui criait à tous les vents : « On a un bon chef ! C'est génial, on a un bon chef ! »

La veille du départ précipité pour Ecquevilly, quelque chose d'assez exceptionnel s'était passé. Laissant Makalou m'attendre dans une des salles de bains, j'étais retourné au local chercher un raccord. Nous laissions la clef dans la boîte à compteur, sur le palier. Elle n'y était pas. J'avais donc supposé que l'un des intérimaires était à l'intérieur, à chercher lui aussi du matériel. J'étais entré dans le local. Personne. Étonné, j'étais allé voir dans notre vestiaire et là, j'étais resté sidéré. Debout dans la pénombre, se tenait une jeune femme blonde d'une grande beauté, toute de noir vêtue, avec des cuissardes et une minijupe en cuir. Elle m'a souri de tous ses yeux bleus. J'étais comme devant une apparition de la vierge en laquelle je crois malgré tout. Une vierge trop bandante il faut le reconnaître : ses deux seins débordaient d'un chemisier en dentelle noire comme s'ils allaient d'une seconde à l'autre vous exploser de plaisir dans la figure, une sorte d'éjaculation faciale féminine virtuelle et à retardement.

J'ai salué poliment la damoiselle, je lui ai demandé ce qu'elle faisait là et comment elle était entrée. Elle attendait Samir et, rusée, elle avait trouvé la clef dans la boîte aux compteurs. Ils n'avaient pas rendez-vous, elle l'attendait, tout simplement. Elle devait avoir vingt ans tout au plus. Je n'ai pas insisté.

J'ai pris mon raccord, je suis reparti et je suis passé voir Samir pour lui expliquer la situation. Il n'était pas autrement surpris, il m'a dit un truc du genre : « Ah, je crois savoir qui c'est », et il y est allé. D'après lui, il ne lui avait pas dit où se trouvait la clef, ni même l'étage du local…

En fin de journée je l'ai quand même de nouveau questionné parce que j'étais responsable du matériel et je n'aimais pas que quelqu'un sache où nous cachions la clef. Il m'a rassuré : « Pas de problème, Dan, elle est venue pour me sucer, je préfère que tu sois au courant, c'est une fille bizarre, ça lui a pris d'un coup, il paraît, une envie irrésistible, j'ai pas pu y échapper malgré que je sois fidèle à ma femme en général, mais elle est honnête, rassure-toi, elle ne fréquente pas des cailleras. » Elle l'avait sucé là, dans le vestiaire, et puis elle était repartie. C'était quand même à peine pensable.

En rentrant, dans le RER, j'ai raconté l'histoire à Makalou qui a fait la grimace, lui il n'aimait que les femmes énormes, il fallait que le postérieur fasse au minimum un mètre vingt de large pour qu'il en regarde une. Quand je lui montrais une femme que je trouvais belle il rigolait de toutes ses dents : « C'est trop maigre Dan, vous les Blancs vous n'aimez pas les belles femmes ! »

Lors donc que Dolto nous somme de quitter ce *sal trou vil* dans l'heure nous plantons là une grand-mère et sa fille handicapée sans eau ni chaude ni froide et leur salle de bains en monstrueux bordel. On charge les outils et vogue la galère pour Ecquevilly.

Sur place, je découvre que le chantier a été attaqué sauvagement et dans tous les sens, le matériel méchamment éparpillé dans les étages, tout ce qui a été fait est à défaire donc bien sûr à refaire. Encore une fois Dolto a pris un sous-traitant qui casse les prix mais qui ne connaît pas le métier. Théoriquement à la finale l'opération lui coûtera dix fois plus cher. Enfin c'est ce que je pense alors que je ne suis pas payé pour ça. Dolto, lui, ne raisonne pas de cette façon, il commence par prendre un gros chèque au client en lui faisant miroiter son professionnalisme hors pair, ensuite, une fois le chèque crédité, le client ne peut plus le joindre au bureau parce qu'il circule comme une grosse limace dans sa Mercedes invisible avec le portable sur répondeur, le sous-traitant en profite pour se mettre en cavale et Dolto nous envoie, moi et Makalou, pour essuyer la merde. Il pense donc j'essuie. Logique.

À Ecquevilly, le client était un gros architecte aux cheveux blancs frisés et à la barbe blanche de père Noël. Il s'est mis à gueuler aussitôt: « Quoi ? Vous n'êtes que deux ?! Mais Dolto s'était engagé à m'envoyer du monde ! Il y a rendez-vous de chantier dans trois jours ! Les plaquistes sont bloqués parce qu'ils ne peuvent pas mettre les faux plafonds tant que la VMC n'est pas passée ! Et vous avez fait des soudures sur le recuit pour le sanitaire alors que c'est strictement interdit ! » Il tapait dans le recuit qui courait sur le sol : « Déposez-moi ça ! Déposez-le immédiatement à partir des nourrices ! »

Je le laisse gueuler dix minutes, ça lui fait du bien, il se calme un peu. Makalou et moi on ne bouge pas, on respecte, on se tient droits dans la tourmente.

« Qu'est-ce que vous êtes, vous ? Qu'est-ce que vous êtes ?

– Moi ? Je suis OHQ. Et Makalou est manœuvre.

– Je veux un chef d'équipe ! Je ne parle pas avec un OHQ ! Et je veux deux équipes ! Appelez Dolto ! Je n'arrive pas à le joindre ! Il se planque derrière son répondeur ! Si cet après-midi il n'y a pas deux équipes au boulot avec un chef d'équipe, je fais couler la CCRAMPS ! Appelez-le ! Je reviens après manger et si vous n'êtes encore que tous les deux... ! »

J'appelle Dolto, je lui explique la situation, le recuit, les plaquistes, le coup des deux équipes... Pour une fois, il semble prendre la chose un peu plus au sérieux. D'habitude, la plupart du temps c'était : « Qu'il aille se faire enculer ! Tu poses des tuyaux et tu le laisses gueuler, il finira bien par la taire sa bouche. » Mais là il m'a dit : « Mets le chantier en route, pose des tuyaux, je t'envoie du monde. »

Puis j'ai été voir le chef de chantier pour lui demander si on avait un local pour les outils. C'était un Portugais, Nino, et on s'est tout de suite bien entendus. Moi, sur les chantiers, les Portugais m'adorent d'entrée. Je n'ai jamais compris pourquoi mais c'est ainsi, au bout d'une semaine ils me connaissent tous, ils inventent des chansons sur mon nom.

Nino m'a emmené dans le sous-sol et il a ouvert le local sanitaire qui était dans un merdier indescriptible. « Je te donne la clef mais c'est la dernière parce que le sous-traitant est parti avec l'autre et il a piqué le Hilti du maçon. »

Avant, du temps de mon grand frère, on pouvait laisser les outils sans surveillance, personne jamais ne vous les volait. Maintenant on est obligé d'enchaîner son escabeau pour aller boire un coup, mais il est vrai que boire un coup ils ne le font plus beaucoup les gars, ils ont trop peur du taulier, c'est devenu des midinettes les ouvriers du bâtiment, plus craintifs que des belettes. Si on laisse un tournevis tout seul ne serait-ce que deux minutes, on est sûr de ne jamais le revoir. Je n'exagère pas. Le vol d'outils est devenu obligatoire parce que les tauliers envoient les mecs sur les chantiers sans un outil, pas même un escabeau ni un tournevis. Ils disent au type : « Tu te démerdes sur place, tu empruntes un escabeau, tu trouveras bien quelqu'un qui te prêtera une perceuse… » Et comme les mecs veulent travailler à tout prix, ils finissent par voler. Une fois j'ai été pisser à vingt mètres de mon poste de travail et quand je suis revenu mes deux clefs à molette avaient disparu. Je n'ai rien vu, rien entendu. J'étais pas content, c'étaient mes outils, mon petit outillage comme on dit, mais moi je ne m'achète pas des outils merdiques, ça m'a flingué ma matinée de travail. J'ai cavalé partout. Il y avait des Indiens, des Pakistanais, des Africains, des Turcs, des Gaulois aussi, des électriciens, et personne n'avait vu mes clefs à molette. Toujours la même histoire : ils piquent le truc et ils le planquent immédiatement pour le récupérer plus tard, quand l'orage est passé. J'ai fouillé tout le chantier. En vain. C'était un malin, le gars. Je pense qu'il avait glissé mes deux clefs à molette dans un sac en plastique hermétique et qu'il les avait plongées dans un seau de peinture ; et des seaux de peinture il y en avait une vingtaine par étage. Deux Vanadium extra qui étaient bien à ma main. Ça démoralise, c'est clair. C'est pas que ces gars-là soient pires que les autres, c'est pas ça, il m'arrivait de sympathiser avec, des types fantastiques des fois, des gars du Cachemire par exemple, avec des oiseaux dans la tête et même, en y regardant bien, des tapis de toutes les couleurs qui chatoyaient dans leurs yeux. C'était cette merde de système du profit qui créait les séparations, qui les accentuait, qui poussait les hommes à la faute en leur tenant constamment les narines sous l'eau, alors bien sûr ils penchaient du mauvais côté et la merde s'engouffrait dans la coque, au final ils y arriveraient pas au port de tête suprahumain, si ce n'était l'amiante, ça serait sa sœur, mais c'est sûr, c'était écrit sur le vent des contrats à l'encre invisible, ils finiraient la tête basse en recrachant des oiseaux morts, les yeux en marmelade de topinambour.

Une fois le local un peu rangé on a commencé la VMC et aux environs de midi deux types sont arrivés. Un vieux pas loin de la retraite qui était embauché à la CCRAMPS et que j'avais déjà croisé sur les chantiers, Jean-Pierre ; et un autre qui s'est présenté en tant que « chef » avec une gueule de vicelard marquée par une cicatrice pas catholique au menton, un méchant coup d'Opinel ou alors une lame de cutter, rien qu'à la regarder la balafre ça me faisait des frissons dans les dents. Un intérimaire le gars. Personnellement je n'ai rien contre les intérimaires, je l'ai été aussi. En intérim j'ai fait une partie du chauffage dans la T3 de la Grande Bibliothèque de France, bien avant l'ouverture. Un travail urgent. Il fallait démonter le chauffage à l'intérieur des baies vitrées, un système hypermoderne conçu par l'architecte. Ça ne fonctionnait pas. Il a fallu le repenser et le refaire entièrement. Mis à part Me Badinter qui, par un matin froid et en compagnie de Me Thierry Levy, avait été confronté à la triangulaire réalité pénitentiaire embusquée dans les bois de justice, c'était une bande de romantiques qui gravitait autour de Mitterrand, pas en ce qui concernait les comptes en banque, pour ça c'étaient des réalistes, mais pour le reste… Complètement con cette idée de bâtiments qui ressembleraient à des livres ouverts, d'ailleurs vus d'avion ils ne ressemblent pas du tout à des livres ouverts, et vus d'en bas non plus, mais bref, je vais pas en faire un bouquin. C'était un chantier maudit la Grande Bibliothèque. Personne ne voulait y aller. On disait qu'une nuit, un mec, un Black, avait été coulé vivant dans un des piliers de béton. Un accident. Si c'est vrai il y est toujours, alors, tandis que vous regardez un livre d'enluminures, là, dans votre dos, pris dans le béton armé… Parce qu'ils coulaient la nuit à marche forcée, fallait que ça ouvre avant que Mitterrand ne passe l'arme à droite. On bossait comme des malades dans une ambiance pourrie, on avait toujours nos outils dans l'eau dans les sous-sols inondés en permanence, malgré les pompes et les tonnes de béton on était dans de beaux draps, en plein dans le lit de la Seine, et puis on marchait des heures et des heures parce qu'il n'y avait pas encore d'ascenseur. Moi pour rallier la T3, en partant du local à huit heures j'arrivais à neuf heures vingt sur mon poste. Il y avait bien un monte-charge installé sur la façade mais il était réservé à Bouygues. Toutes les autres boîtes circulaient à pied dans les étages et les sous-sols, c'était un véritable labyrinthe, j'avais mis une semaine avant de m'y retrouver et je me trimballais dans les escaliers avec mon poste à soudure, les deux bouteilles en acier (sans le chariot), les huit mètres de boyaux et une sacoche d'outils sur le dos.

Le chantier ne ressemblait à rien tellement il y avait de sous-traitants : une boîte par radiateur. Véridique. Vous aviez des types qui ne posaient que le radiateur numéro douze sur un étage, et bien entendu il n'y avait aucune coordination entre les éléments. Pour quelqu'un qui connaissait le boulot c'était à peine croyable. La sous-traitance ça rapporte, Bouygues a dû s'en mettre plein les poches.

Je suis parti avant la fin, je n'ai pas vu comment ça c'est terminé parce qu'un tordu a fait des heures supplémentaires rien que pour massacrer mon travail dans mon dos. Il a chargé toutes mes soudures sur deux étages, il a fait des trous au chalumeau dans les tuyaux et il a appelé son chef pour qu'il vienne constater les dégâts. Le lendemain matin j'étais viré sans préavis ni discussion. Ils ont prétendu que j'étais bourré tous les jours, moi qui ne bois jamais un verre d'alcool. Et pas moyen de discuter. En réalité le mec m'en voulait à mort parce que je faisais marrer toute la tablée en racontant mes conneries habituelles le midi, au réfectoire. Au bout d'une semaine tous les gars m'appelaient par mon prénom et ils m'offraient du saucisson directement importé du Portugal. Est-ce que c'était ma faute s'ils n'en avaient rien à foutre de ses balbutiements sur ce qu'il avait vu la veille à la télé ? Eux aussi ils l'avaient la télé, les Portugais, eux aussi ils regardaient *Thalassa*. Depuis mon arrivée, l'autre était réduit à fermer sa bouche. Il bouffait en silence des saloperies qu'il achetait à bas prix chez Ed tout en ruminant le vieux coup qu'il allait me planter dans le dos. Avec la jalousie, certains génies font des opéras, d'autres, moins doués, fabriquent des faits divers, quant aux zombies que j'ai croisés sur les chantiers c'est déjà beau qu'ils aient trois lignes dans mon bouquin que j'aurais pu intituler *De la misère en milieu ouvrier*.

Donc, à Ecquevilly, Dolto avait réglé le problème en m'envoyant un vieillard et, en guise de

« chef » d'équipe, un intérimaire. Sans outils. Tout ce qu'il avait c'était une banane en skaï marron qu'il portait sur le nombril, et un téléphone à la ceinture, dans un étui.

Il a commencé à faire son chef et à vouloir prendre Makalou en main en lui parlant comme il fallait parler à un Noir pour être obéi, selon lui. J'ai mis tout de suite le holà : « Tu parles pas comme ça à Makalou, Makalou connaît le boulot et il bosse avec moi, on a commencé le deux cent cinquante, allez viens, Makalou, on y retourne. » Et je l'ai planté là, le chef. Il a immédiatement dégainé son portable : « J'appelle la boîte. »

Je n'en avais strictement rien à foutre.

Plus tard dans la journée, j'ai remarqué qu'il s'en était pris au vieux Jean-Pierre, qu'il le traitait à la schlague, qu'il lui aboyait dessus alors que le pauvre vieux, à dix mètres du sol en haut d'une échelle, s'échinait à riveter du gros diamètre, les mains pleines de mastic gris.

« Mais tire-le ! Tire-le ! Pas comme ça ! Mais tire le tuyau putain, pousse le collier ! Pas comme ça ! Avec ton tournevis ! T'es aussi con que t'es vieux, j't'ai dit avec le tournevis, pas avec la pince ! »

Il commençait à me chauffer les portugaises, ce chef d'équipe avec sa banane molle sur le bide. Je me suis arrêté pour lui donner mon opinion :

« Toi qu'es chef tu devrais savoir que c'est interdit de travailler à l'échelle !

– Ouais, je sais, mais y a pas d'échafaudage. »

Et il a continué de gueuler sur le vieux qui faisait le funambule dans un équilibre précaire.

Sur le coup de trois heures, l'architecte père Noël a refait une apparition. J'étais perché sur l'échafaudage avec Makalou, je découpais du gros diamètre à la disqueuse. Il a hurlé : « Bruno ! (C'est à moi qu'il s'adressait.) Arrêtez-moi ça immédiatement ! Descendez ! Descendez tout de suite ! Non ! Pas un mot ! Je ne veux rien entendre ! Descendez ! »

J'ai interrompu le découpage et je suis descendu. Il me dit : « Vous ne mettez pas de lunettes pour tronçonner ? »

Non. Dolto n'en fournissait pas.

« Mais c'est quoi cette boîte de merde ?!? Vous arrêtez la VMC et vous me déposez immédiatement le recuit. Immédiatement !

– Faudrait savoir ce que vous voulez, m'sieur, vous m'avez dit que les plaquistes attendaient, alors moi… »

Il m'a coupé la parole et il s'est mis à gueuler, vraiment très fort : « Pas un mot ! Je ne veux rien entendre ! Je ne discute pas avec un OHQ ! Vous me déposez le recuit immédiatement et vous ne discutez pas ! Allez me chercher votre chef ! Tout de suite ! Ne discutez pas ! Non ! J'ai dit non ! (Il me tenait à distance avec son bras tendu, la paume de la main levée et les yeux fermés.) Pas de discussion !

Non ! Ne parlez pas ! Pas un mot! Le chef d'équipe ! Immédiatement ! »

Makalou était perplexe, déjà qu'ordinairement il trouvait que les Blancs avaient un méchant grain... L'intérimaire s'est pointé, sa banane pourrie sur le ventre, prêt à dégainer le portable. Il n'était pas en bleu. Il portait des fringues de naze, genre vieux jogging récupéré dans une poubelle. Le père Noël l'a examiné de la tête aux pieds.

« Vous êtes qui vous ?

– Le chef d'équipe. Bonjour, monsieur. »

Ouh là ! Il était mal barré s'il croyait pouvoir lui enseigner la politesse.

« Vous vous croyez au Samu social, avec vos fringues de clodo ? Vos gars n'ont pas de casque, Bruno découpe sans lunettes, qu'est-ce que c'est que ce merdier ?

– Attendez, m'sieur, moi j'suis qu'un intérimaire, on m'a appelé d'urgence à dix heures et demie ce matin et...

– Un intérimaire ?!? »

Il était soudain catapulté en terrain inconnu l'archi, il venait de perdre tous ses repères, il ne pouvait pas croire que Dolto lui ait fait un coup pareil. C'était une première. Ça lui sciait les pattes.

« Oui, m'sieur, mais je suis chef d'équipe, j'ai pris le chantier en main et ça va avancer. »

Le père Noël restait bouche bée, les rênes en

l'air sur son traîneau verbeux. On a été provisoirement sauvés par son portable qui s'est mis à vibrer contre ses clefs, dans sa poche. Ça devait être quelqu'un de proche parce qu'il a répondu aimablement. Mais aussitôt après avoir raccroché, il s'est remis à vociférer, le bras tendu et la paume levée : « Vous me faites déposer le recuit à partir des nourrices, immédiatement ! Non ! Taisez-vous ! Pas un mot ! Trouvez des casques et des lunettes et non ! non ! Pas de discussion ! Taisez-vous ! Pas un mot ! Pas un mot ou je fais arrêter le chantier ! Je fais venir un huissier ! Non ! Je ne discute pas avec un intérimaire !

– Allez viens, Makalou, on va déposer le recuit. »

On s'est mis au boulot sur le sol, sous les pieds du père Noël que j'ai un peu bousculé.

« Allez-y, m'sieur, traînez pas dans nos pattes s'il vous plaît, on va le déposer, le recuit.

– Pas de soudure au sol ! Vous m'avez compris, Bruno ? Pas de soudure sur le recuit à partir des nourrices ! »

L'intérimaire s'est éclipsé, le chantier a repris son cours normal, le père Noël est remonté dans sa cheminée et on ne l'a plus revu de la journée.

« Je ne comprends pas pourquoi il t'appelle Bruno, m'a dit Makalou en état de choc.

– Parce que c'est un connard, Makalou, une saloperie d'architecte de merde qui se prend pour le bon Dieu et qui croit que tous les esclaves s'appellent Bruno, c'est pour ça. »

Pauvre Makalou, que venais-tu faire dans cet enfer ? Je me le demande encore. Mais heureusement tu avais le *médicament* et ça, ce gros con à la barbe blanche ne le savait pas.

Le lendemain, le vieux Jean-Pierre a continué de se faire engueuler par le chef d'équipe, les Portugais se sont mis à chanter mon nom sur des refrains populaires, Makalou mangeait la gamelle qu'il apportait du foyer, et moi j'avais les glandes irritées parce que je connais rien de pire que repasser derrière des salopards qui ont merdé le travail. D'habitude je ne reprends pas, je casse et je repars à zéro. Mais dans ce cas c'était impossible vu que les fournisseurs venaient de bloquer les lignes de crédit et qu'on était hyperjustes en matériel. Ça commençait à puer le cramé pour Dolto. Il fallait quand même avancer le travail. Alors je reprenais une erreur de diamètre, je localisais les inversions, je remettais des colliers, et ça me gonflait à mort comme boulot, d'autant que l'autre continuait à harceler le vieux Jean-Pierre : « Mais putain t'as plus rien dans les bras ou quoi ?! Arrache-le je te dis ! Tire-lui sur la gueule, il va venir ! »

À la maison, j'ai pris un bain qui a duré deux heures et après je suis resté groggy dans mon fauteuil jusqu'à l'heure du repas. Après manger, ça allait un peu mieux. Ma femme parle doucement, elle aime bien la laine, les gros chaussons, avec elle tout est doux, des fois ça devient étouffant, c'est comme le caviar, on ne peut pas en manger tous les jours, mais dans les circonstances présentes, ça compensait. Elle avait commencé une mosaïque sur le sol du salon, à un endroit dépourvu de carrelage, à l'emplacement d'une cloison que j'avais déposée pour agrandir la pièce. Elle était lente mais c'était bien parti, elle était drôlement douée, elle faisait ça avec amour, elle voulait que ça soit beau à la maison. On peut dire que ça me dépaysait de tous ces abrutis des chantiers.

*

Alors bon, j'étais sur l'échafaudage, je calculais un parcours sur un bout de papier, Makalou attendait tranquillement que j'aie fini quand le chef intérimaire m'a interpellé. Il était en bas, la tête levée vers nous.

« Dis donc, Bruno, qu'est-ce qu'il branle Makalou, les bras croisés ? »

Je lui rétorque aussi sec :

« Il t'emmerde Makalou, et Bruno te chie dessus. Ça te va comme ça ? »

Il est devenu blanc et sa balafre au menton, très rouge. Il a dit d'un ton sec :

« J'ai besoin du manœuvre. Descends, Makalou.

– Makalou reste avec moi. Démerde-toi avec Jean-Pierre.

– Jean-Pierre s'est barré.

– Barré barré ?

– Ouais, il s'est changé et il s'est barré, alors je prends Makalou. »

Il commençait à me jambonner celui-là ! Alors je suis descendu de l'échafaudage et je lui ai déclaré en face :

« Je t'ai dit que Makalou reste avec moi. Chef ou pas t'as qu'à y grimper, à l'échelle. Ce que le vieux faisait, tu peux le faire.

– De toute façon ça va remonter au bureau tes conneries parce que je trouve que ton travail n'avance pas.

– Je t'emmerde, je lui dis, je te pisse à la raie, dégage ! »

Ça n'était pas suffisamment explicite pour lui, faut croire. Dressé sur ses ergots, il est entré dans mon espace vital, son visage trop près du mien est devenu quelque chose de subitement obscène et son langage pornographique m'a fait l'effet d'un viol : « Je trouve que tu bulles, voilà, tu bulles. »

C'est parti d'instinct parce qu'il s'était placé pour ça : coup de boule sur l'arête du nez, suivi d'une droite qui lui a dévissé la tête. Il est parti s'affaler contre un mur en béton brut. J'étais bien, j'étais chaud, prêt pour la suite. Il a tenté de se relever, il ne tenait plus trop sur ses pattes alors j'ai répété : « Dégage ! Bouge ta race ! Rentre chez toi, salope ! » Il a réussi à se redresser et il a titubé vers l'établi. Il s'est baissé, il a ramassé un tube en acier d'une cinquantaine de centimètres et il s'est retourné, menaçant. Quoi ? Il en voulait encore ? Il s'est mis à courir en brandissant le tube. J'ai ramassé un morceau de tube, du PVC gris de cent vingt-cinq qui sert comme vidage pour les chiottes, un morceau de deux mètres de long et douze centimètres cinq de diamètre, rigide. Je l'ai propulsé vers son thorax, comme un javelot. Dans l'action, j'ai mal calculé, mal évalué la trajectoire, et le point d'impact s'est trouvé légèrement plus haut que prévu. Il s'est pris le tuyau de PVC en pleine gueule, il est reparti en arrière et s'est affalé encore un coup contre un mur mais cette fois il pissait le sang sur tout le pourtour du visage. Le PVC lui avait éclaté la tronche. En cercle.

Makalou se mordait les lèvres et se balançait d'un pied sur l'autre. Il était comme moi Makalou, il n'aimait pas la violence. Moi je restais sous le choc de ma mauvaise évaluation des trajectoires. Mais merde aussi, je lui avais pourtant bien dit de se tirer, il était maso ma parole, ou encore bien plus con que tout ce qu'on pouvait imaginer.

Il tardait à se relever. En s'agrippant stupidement au béton brut, puis en gémissant, rampant à moitié, il a trouvé l'escalier et il s'est débiné en s'accotant au mur, les jambes flageolantes.

« Voilà où mène la connerie, j'ai dit à Makalou.

– C'est le plastique, le PVC rigide. »

Makalou articulait les mots très distinctement, il insistait, le mot rigide prenait toute sa valeur.

« Le plastique, mon vieux, ça fait des dégâts hein ! Bon, écoute-moi Makalou, t'as vu que ce type-là c'est de la saloperie, il a réussi à dégoûter Jean-Pierre qui est un vieux sympa à huit mois de la retraite, t'es d'accord avec moi ?

– Ce mec-là, Dan, c'est pas un bonhomme. »

Avec Makalou le mot « bonhomme », de la façon dont il le prononçait, reprenait son sens d'origine.

« On est d'accord, Makalou, c'est pas un bonhomme, donc on va immédiatement au commissariat pour une main courante : tu seras témoin qu'il m'a foncé dessus avec la barre de fer alors que je l'avais seulement insulté, et que j'ai lancé le PVC pour le stopper dans sa course. Pas de coup de boule, pas de droite préventive, d'accord ?

– C'est d'accord, c'est comme ça que ça s'est passé, ce mec-là c'est pas un bonhomme. »

Alors on est sortis du chantier en suivant les traces de sang qui, au carrefour, prenaient la direction de l'hôpital. Nous, on a pris celle du commissariat pour une main courante, notre scénario parfaitement au point. Ensuite on a réintégré le chantier, on est remontés sur notre échafaudage et on a repris le travail.

Sur le coup de quinze heures, tous les bruits

s'arrêtent. Quelques minutes plus tard, une troupe de mecs en costard se poste au pied de notre échafaudage : Nino (le chef de chantier) affublé de trois maçons casqués, le patron de la boîte d'intérim avec sa secrétaire sa femme son jardinier sa maîtresse et son chauffeur, le père Noël ses huit avocats en civil avec la Bible et des crucifix, et, un peu à l'écart, en quarantaine, le chef d'équipe intérimaire une bande velpeau tout autour de la tête style l'homme invisible. On ne voyait plus que ses yeux, ses narines et ses lèvres gonflées et violettes. Le père Noël m'a prié de descendre. « Bruno, je veux savoir ce qui s'est passé. Donnez-nous votre version des faits. »

Ma version était au point, avec un témoin et une main courante au commissariat. Makalou a confirmé. Nino a témoigné que l'intérimaire avait harcelé le vieux toute la semaine, si bien que le vieux avait foutu le camp en laissant ses bleus de travail sur place.

Mais c'est qu'il n'était pas d'accord l'homme invisible ! Il émettait des grognements significatifs, il niait les faits. Son patron, qui l'interprétait mieux que nous autres, m'a traduit : « Il dit que vous l'avez tapé le premier.

– C'est faux, m'sieur, il m'a foncé dessus avec le bout de tube et c'est là que je lui ai lancé le PVC rigide, Makalou est témoin. »

Il était cuit : légitime défense. Le père Noël,

Nino et le patron de la boîte d'intérim se sont écartés pour un conciliabule secret, puis le père Noël s'est adressé au chef d'équipe : « Vous êtes tombé de l'échelle, sur un pot de mastic. Vous êtes en accident de travail. Rentrez chez vous. »

Mais ce gueux puant ne voulait pas en démordre, il éructait sous son pansement, son patron a été obligé de hausser le ton : « Vous êtes tombé de l'échelle ! C'est clair ?! Et vous pouvez vous estimer heureux d'être en accident de travail ! »

Du coup il s'est calmé et ils se sont tous tirés sauf le père Noël qui m'a dit : « Bon, Bruno, pour vous c'est fini. Racontez ce qui s'est passé à Dolto, dites-lui que son fameux chef est tombé de l'échelle sur un pot de mastic et que j'arrête définitivement le chantier. »

Je n'ai pas discuté. Dans le local, je suis tombé sur le chef au moment où il sortait avec son sac. Les bleus du vieux gisaient sur le banc, alors je l'ai appelé : « Eh Ducon, t'oublie les bleus du vieux ! » Il n'était plus fier du tout maintenant. Il a regardé les bleus. « J'espère que tu ne les oublieras jamais, ces bleus-là », je lui ai dit. Il a tourné la tête et il est parti rejoindre son taulier qui attendait dehors.

Le lendemain, de retour à Sartrouville, nous avons appris une bien triste nouvelle : Samir était mort. Subitement, d'une crise cardiaque. Lui aussi avait laissé ses bleus sur place, accrochés au clou à chevron, ils pendaient là maintenant comme vidés de toute substance. Il avait trente ans Samir… je revoyais la jeune femme blonde toute vêtue de noir qui était apparue dans le local comme par magie. Venue pour le *sucer* et, c'est important de le rappeler, poussée par une impulsion subite et irrésistible quinze jours avant que la mort ne le frappe au cœur.

À la CCRAMPS, question bleus, on était bien fournis depuis que Dujardin avait investi dans la boîte. Dolto nous avait fait livrer des costumes gris, taillés dans une toile qui ne me disait rien, avec « CCRAMPS » écrit en gros sur le dos. Ça puait la chinoiserie, ces merdes-là. Ce qui fait que, moi, ces bleus officiels, je refusais de les enfiler. Et Dolto n'appréciait pas. Je lui avais dit : « Non mais où t'as été chercher ça, je suis pas un rappeur moi, y a pas marqué clown sur ma feuille de paye. » Mais j'étais le seul, tous les autres avaient enquillé les trucs gris. Ah ! ils avaient l'air malin les mecs avec ça sur le dos, fallait voir la coupe, avec des bouts de tissu plus foncé imitant les renforts de sécurité mais à des endroits approximatifs, sous le genou par exemple, juste en dessous de la poche. Sur le papier peut-être que ça ressemblait à quelque chose, mais pour souder ça n'avait plus aucun intérêt. C'était bien de l'époque : on était passé du bleu au gris y avait pas à revenir là-dessus.

Puis un jour, patatras. Je l'avais sentie venir la coupure, moi l'instinct du non, le mien surtout, j'y crois à mort ; quand y a un truc que je ne sens pas je le refuse, je préfère ; même si ça me cause des ennuis dans un premier temps ; j'ai remarqué que dans un second temps je m'en porte toujours très bien. Et voilà : un des falzars de clown a pris feu.

Le type tronçonnait du 20/27 au lapidaire, rien de bien méchant pourtant, mais les étincelles ont enflammé le pantalon et pas moyen de l'éteindre. Le tissu qui contenait du plastique a fondu dans la chair. C'était pas joli à voir, le gars hurlait et on n'avait rien sous la main, pas d'eau, pas de chiffon. Le type a été brûlé au dernier degré sur toute la cuisse et cet imbécile a rendu le pantalon au chef en revenant des urgences. Le chef l'a fait disparaître vite fait. Le lendemain ils ont récupéré tous les bleus gris et on n'en a plus jamais entendu parler. Des bleus pour soudeurs qui n'étaient pas ignifugés…

La pression avait monté. Dolto s'était déplacé en personne pour récupérer les bleus gris et étouffer l'affaire. J'en avais profité pour lui demander mes thunes – mes cent euros.

« Je dois rien à personne, Dan, jamais, et surtout pas à toi ! »

Il avait dit ça méchamment, comme si j'étais de la merde. Puis il s'était esquivé promptement comme il savait si bien le faire, se glissant rapidement, gluant comme une larve, dans sa grosse bagnole. Deux heures plus tard, Dujardin s'amène.

« Vous avez pas vu Dolto ?

– Tu vois pas qu'on est en string ? Il s'est tiré comme un voleur avec les bleus. T'es au courant pour les bleus ?

– Vaguement. Bon, je file. Il a pas dit où il allait ?

– Va au premier incinérateur que tu trouves, il doit être en train de cramer les preuves », lui a dit Abdel.

Mais il n'a pas capté, Dujardin, il croyait qu'on se foutait de sa gueule, qu'on était quelque part jaloux de sa relation soi-disant privilégiée avec Dolto.

« Eh Dujnou ! » a crié Abdel.

Dujardin s'est arrêté dans sa course.

« Tu la connais l'histoire de Dolto chez Toto ?

– De quoi ? Des quoi ?

– Laisse tomber, Abdel, remue pas le couteau dans la proie. »

Abdel m'écoutait un peu. De temps en temps. Pas toujours. Il n'était pas sûr que je ne sois pas un blaireau moi aussi. Il se méfiait vachement de tout le monde. Mais ce coup-là il m'a écouté et il l'a laissé filer.

« C'est un homo, t'as pas vu comment il lui cavale après ? »

Peut-être qu'Abdel avait raison, peut-être pas. Je ne savais pas trop quoi penser à ce niveau. Peut-être qu'il cherchait tout simplement un bon copain, Dujardin, quelqu'un pour aller à la pêche. Mais moi j'en avais plein les couilles du comportement de Dolto et, malgré moi, ça faisait naître des idées de meurtre dans ma tête. Ou pour le moins des envies de lui balancer des coups de crosse dans la tronche, une balle dans le genou, des retours de vieilles mémoires qui pourrissaient ma vie privée.

On est jamais mieux asservi que par soi-même et c'est pour cette raison que le travail salarié m'a toujours fait chier. Il faut dire que j'ai été immédiatement là où il n'aurait pas fallu : un petit atelier de ferblanterie rue Oberkampf, à Belleville. J'avais quatorze ans.

On m'a fait asseoir devant un établi et on m'a donné une paire de cisailles avec laquelle je devais découper des morceaux de tôle. Les autres en faisaient des casseroles, des bassines, des pots de chambre. Finir dans la casserole alors que je rêvais d'une expédition en brise-glace au pôle Nord !

L'atelier était sale et sombre, les gens tristes et durs.

J'ai croupi une semaine dans ce trou à rats et puis je me suis tiré. Peut-être que le sous-mac de mes deux m'y attend toujours dans sa blouse couleur de blatte.

Ma mère m'a trouvé autre chose, un autre atelier, de serrurerie cette fois, rue de la Folie-Méricourt. J'ai tenu un an. Une pure folie, un sacrifice absolu. C'est énorme un an à cet âge.

Je travaillais pour ma mère. De moi-même je n'y serais jamais allé, je n'avais pas la fibre ouvrière. Même après, quand mon grand frère Michel m'a pris avec lui sur les chantiers de chauffage, je me traînais par pur amour de ma famille, pour rapporter mes petites thunes. Mais j'avais beau me torturer les méninges, me mentir à moi-même comme un arracheur de vent, je n'y croyais pas une seconde à la ferronnerie d'art et au chalumeau oxhydrique. Au fond, j'étais un guerrier et un guerrier ça ne se laisse jamais massacrer au milieu d'un troupeau de moutons. Je le sentais déjà venir le coup de l'amiante, la mort programmée de mes proches.

Bien longtemps avant, je l'avais reniflé qu'ils n'en avaient rien à cirer de ma vie, tous ces gens-là. Dès l'âge de quatorze ans j'avais compris l'embrouille. Alors je n'en avais rien à battre des conneries qu'ils voulaient me faire prendre au sérieux pour que je devienne celui qui leur nettoierait les chiottes tandis qu'ils se pavaneraient dans un hamac en Asie du Sud en enculant un gosse de dix ans. C'était clair pour moi qu'ils en avaient après ma peau, qu'ils voulaient la transformer en serpillière. Aussi, dès que je pouvais leur échapper, je leur filais comme du sable entre les doigts.

Au bout d'un moment, c'est les flics qui s'en sont occupés du sable parce que, finalement, je m'étais dirigé vers le travail de nuit par escalade et, poétiquement, je cambriolais les magasins de fleurs. Les fleuristes étaient à l'époque obligés de laisser l'imposte ouverte, certainement pour aérer le local. J'étais mince et c'est par là que je m'introduisais dans le magasin pour y dérober la caisse. Une nuit, je me suis fait serrer avec mon pote Jo. On a fini à Fresnes mineurs et à partir de là c'est une autre escalade qui a commencé. J'étais sauvé en quelque sorte.

*

Avec ce que j'avais vécu, c'était pas un petit mec comme Dolto qui allait m'avoir de cent euros. Je connaissais encore des garçons de l'ancienne époque et il m'arrivait de retourner dans le quartier de mon enfance. Je pouvais le faire flinguer Dolto, si je voulais, malgré que là-bas tout avait changé. Ou bien acheter une arme et une moto volée pour le fumer moi-même, à l'abri derrière un casque intégral. Feu rouge. Toc toc toc. Il abaisse sa vitre électrique. Qui qu'est là ? Pan pan pan. Trois balles de 11,43 dans la tête. Feu vert. Adieu blaireau et bon voyage en enfer. Bien que ne l'ayant jamais appliqué personnellement, je connaissais parfaitement le texte, un classique dans mon ancien quartier.

Mon ancien quartier, les flics l'avaient épuré de ses éléments les plus flamboyants. Cela n'avait pas été facile pour eux, on leur en avait fait baver. Et puis la drogue avait fait le gros du travail. De là à déduire qu'elle n'était pas apparue par hasard, nous étions quelques-uns à le penser sans jamais pouvoir le dire. Il y a des mouvements secrets de la pensée qui n'apparaissent jamais nulle part, ni le jour ni la nuit. Ce sont des paroles tenues dans des mains discrètes, comme de petites bougies protégées du vent des fanfares officielles. Nous nous y réchauffions, tels des loups venus d'un autre cosmos et en partance pour y retourner. Tous mcs camarades de cette époque étaient soit morts, soit emprisonnés à vie. Il en restait bien quelques-uns errant tels des hommes abrutis par l'alcool frelaté qu'on offre au bétail quand il gèle à mort. La tête en haillons ils s'accrochaient les uns les autres à des souvenirs engloutis et cela les tirait lentement vers le fond. Il y avait eu un grand naufrage. À la surface persistait un soleil noir et invisible, une sorte de rayonnement fossile que nous étions très peu à percevoir. Les autres, les survivants qui pratiquaient encore les vieilles méthodes et à qui j'aurais pu faire appel, m'apparaissaient comme des enfants jouant sur les sables mouvants au bord d'un trou noir. Un beau jour, quelque menu détail, insignifiant au premier abord, viendrait enrayer une affaire. Suivrait une légère perte d'instinct. La *marque* serait sur eux, ils ne l'auraient pas reconnue, mais dès cet instant il serait trop tard. Définitivement pris dans les replis de son grand manteau noir, ils continueraient à rire, accoudés au comptoir avec, dans la ceinture, leurs armes non neutralisées et parfaitement dérisoires. Aucun d'entre eux aujourd'hui ne pouvait savoir si son destin n'était pas déjà scellé, si un ordre obscur, griffonné hâtivement sur un mauvais bout de papier arraché au livre du temps, ne lui avait pas définitivement interdit le futur. Alors je buvais un verre et je rentrais chez moi en pensant simplement à ceux qui étaient morts à temps, fauchés en pleine jeunesse, décapités comme le soleil à midi. Ils avaient eu de la chance quelque part.

*

Je ne pouvais plus prolonger mon séjour à l'hôtel, je n'avais plus un rond, il fallait que je rentre. J'ai laissé ma voiture sur un parking longue durée et au revoir la Normandie, à bientôt, j'ai pris le train.

Ma femme m'attendait à la gare, elle n'était pas contente, elle avait trouvé mes médicaments dans la salle de bains. On est montés dans sa voiture pour rentrer à la maison. Ma femme était au volant, elle conduisait nerveusement.

« Il faut qu'on parle, Dan. (Quand elle m'appelait par mon prénom c'était mauvais signe.) Ça ne va pas du tout, tu es en train de perdre les pédales.

– Mais non, ma chérie, pas du tout, je sais très bien où je vais.

– Et où tu vas ?

– Où je vais ?

– Oui, tu dis que tu sais où tu vas et moi j'aimerais bien le savoir aussi, parce que d'après moi c'est droit dans le mur que tu vas. Est-ce que tu te rends comptes que tu es en train de tout foutre en l'air pour un imbécile qui n'en vaut pas la peine, un pauvre type qui ne t'arrive pas à la cheville ?

– Tu parles de Dolto ?

– Oui, JE PARLE DE DOLTO ! »

Quand elle commençait à crier c'était très très mauvais signe, on n'allait pas s'en sortir. J'ai essayé de la calmer.

« J'en ai rien à cirer de Dolto, je veux mes cent euros et c'est tout.

– Combien tu as dépensé dans ton petit voyage au bord de la mer ?

– Je sais pas, j'ai pas compté.

– Tu as dépensé plus de cent cinquante euros. Tu vas les lui facturer ?

– C'est ce que je compte faire. »

Elle a freiné.

« Te fous pas de moi, s'il te plaît ! Si ça t'amuse toutes ces histoires, moi ça me rend folle ! Quand je t'ai connu tu n'étais pas comme ça. Tu agis exactement comme ceux que tu critiques ! Tu vas dans le mur, Dan, droit dedans ! »

Je n'ai pas répondu parce qu'elle avait raison. J'ai voulu lui caresser la main qui tenait le levier de vitesse, mais elle m'a repoussé, elle était en colère.

« T'as raison, ma chérie, je me suis laissé embarquer dans cette histoire mais je vais en sortir, tu vas voir, ils ne m'auront pas. En tout cas je ne démissionnerai pas, ça c'est clair, l'affaire va s'embourber dans la paperasse, je vais lui massacrer la gueule à cet enculé ! Je vais lui mettre trois balles de 11,43 dans l'anus !

– Et ton bouquin ? ton polar ? tu y penses de temps en temps à ton livre ?

– J'y penserai quand j'en aurais fini avec Dolto.

– Et voilà ! C'est reparti ! Mais putain, pourquoi tu te maries pas avec lui ?

– Qu'est-ce que tu veux que je fasse ? Que je laisse tomber ? Que je me retrouve exactement comme il y a deux ans, avec le RMI ?

– Tu peux démissionner et trouver une autre boîte. T'es OHQ quand même !

– J'en ai plein le cul d'être OHQ ! Et si je démissionne je perds mes droits, et donc je suis obligé de recommencer tout le parcours pendant dix-huit mois et ça, je ne pourrai pas le faire. Je crois que tu ne te rends pas vraiment compte de l'effort que je viens de fournir ma chérie. Dix-huit mois de plus chez les furieux, ça risque de mal finir, il peut y avoir un accident, je ne tiens pas à tomber pour homicide involontaire. J'ai déjà eu deux altercations assez sérieuses, une troisième peut mal tourner. Certains types cherchent le rapport physique, ma chérie, certains préfèrent les coups au mépris, ils feront tout pour qu'on en vienne aux mains, et ça tu ne veux pas le savoir mais moi quand mes freins lâchent, c'est l'enfer. C'est dangereux pour moi de traîner trop longtemps dans le bâtiment. Dolto doit me licencier pour que je puisse toucher les Assedic. C'est ma stratégie.

– Sauf qu'il ne veut pas te licencier et qu'à ce petit jeu, tu régresses : tu lui cavales après, tu rentres dans des états qui font peur, tu traînes avec tes anciens amis dans les cafés du vingtième, je ne te reconnais plus, Dan.

– Peut-être mais maintenant j'ai des photos de lui en train de cambrioler la boîte.

– Tu vas te mettre au chantage ?

– Je ne sais pas à quoi je vais me mettre mais

pour être au chômage il faut qu'il me licencie, ça c'est clair.

– Tu racontes n'importe quoi ! Ce mec-là vous rend tous dingues ! Et l'autre, le Dujardin qui veut le tuer avec sa Winchester ! Où on va Dan ? Où on est, là ? Des meurtres, des coffres-forts, des photos ?! Non mais ça va bien ou quoi ?!!

– Comment tu sais ça, toi, que Dujardin veut le descendre avec sa Winchester ?

– Il a appelé, figure-toi, il m'a bassinée pendant deux heures au téléphone, ce mec-là est au bout du rouleau, il devrait être suivi. Comme toi. Vous devenez complètement à l'ouest. Ça suffit comme ça, Dan, faut arrêter, maintenant ! »

On était arrivés à la maison.

On habitait un bel appartement, dans une résidence chicos, en banlieue ouest. C'étaient ses parents qui l'avaient acheté. Ils étaient sympas ses parents, des gens tranquilles, à la retraite. Ça me faisait du bien d'aller manger chez eux. Le père était marrant. Il s'énervait sur son ordinateur à cause des virus, il racontait toujours la même histoire, ça l'avait marqué. Un jour il allume l'engin, un texte s'affiche : « *Tu te prenais pour un dieu et tu n'es qu'une merde. Clique sur OK.* » Il avait cliqué sur OK car il ne pouvait plus rien faire d'autre. Toutes ses données avaient été immédiatement détruites. Il était marqué par cette histoire parce que ça lui avait filé le hoquet et qu'il avait mis six mois à s'en débarrasser.

« J'aurais jamais dû cliquer sur OK », qu'il disait. Mais c'était trop tard, il l'avait fait.

Mes médicaments étaient posés en évidence au centre de la table. Elle m'a dit :

« Tu ne les as jamais pris.

– Pourquoi je les prendrais ? Je ne suis pas malade. Je me suis mis en maladie pour qu'il me licencie.

– Patouillard pense que tu es vraiment malade. Il dit que tu dois voir quelqu'un et surtout prendre tes médicaments.

– Vous me faites chier avec ce *quelqu'un*. Et les médocs me font mal au cul. Je veux voir personne. C'est du cinéma que je fais, je vais très bien.

– Sauf que t'es pas acteur et que tu t'es peut-être identifié au rôle. »

Alors là elle me séchait.

« Qui c'est qui t'a dit ça ? »

Elle est devenue toute rouge parce que je venais de la percer à jour. Ce n'était pas d'elle une idée pareille.

« Patouillard.

– Tant mieux. Comme ça je pourrai encore faire traîner et Dolto finira bien par en avoir marre.

– Et pour ta voiture, qu'est-ce qu'on va faire ?

– On pourrait aller la chercher ensemble, on passerait la journée au bord de la mer, ce week-end même, si tu veux.

– C'était combien l'hôtel ? »

On a continué à discuter comme ça de tout et de rien tandis que je me faisais couler un bain. Une fois l'eau à la bonne température, je me suis glissé dedans. J'avais mis beaucoup de mousse parce que je ne peux pas prendre un bain s'il n'y a pas un maximum de mousse. La mousse en se résorbant fait un tout petit bruit, un pétillement, des milliers de petites bulles éclatent, c'est fascinant la mousse quand vous la prenez dans la main, que vous la laissez vivre sur votre paume. Je peux rester des heures comme ça, de temps à autre je rajoute un peu de produit et d'eau chaude et quand je sors du bain j'ai la peau toute fripée.

Je repensais à notre conversation d'il y avait un quart d'heure. À quoi ça tient la santé mentale ? Personne n'en sait rien. Quand le système est déréglé, ce n'est pas comme pour une montre, on ne peut pas ouvrir le boîtier et changer un ressort. Quand ça ne va plus, *quelqu'un* vous écoute, quelqu'un à qui vous devez faire confiance alors qu'en réalité vous connaissez ce quelqu'un beaucoup moins bien que vous. Ce quelqu'un aura fait des études, il sera spécialisé dans les maux de tête, les prises de chou, les déraillements du mental, et alors ? Tout ça reste flou.

Moi je trouvais que j'allais bien dans ma tête et je n'avais pas envie qu'un quelconque zigoto intervienne parce que après c'est terminé. Bien entendu, il y a des pointures dans ce métier comme dans tous les autres, mais les pointures c'est pas pour soigner les pauvres, les pauvres c'est généralement à coup de pilules magiques qu'on essaye de leur réparer la tête et d'après tout ce que j'avais vu et entendu à ce sujet je n'avais pas envie de rencontrer qui que ce soit. J'étais bien comme ça.

C'est fragile la tête, on ne sait pas à quoi ça tient l'équilibre qui fait que tout nous semble ordinaire et sans danger. L'oreille interne par exemple, un petit os, l'étrier, le plus petit du corps, il bouge et terminé, vous ne pouvez plus jamais marcher normalement. Ça fait peur ce genre de connerie. Le mental, c'est pareil, c'est un équilibre fragile, une membrane hypermince qui fait qu'on peut communiquer avec les autres, n'importe qui, peut-être un fou qu'on croise à longueur d'année sans savoir que d'une minute à l'autre il peut sortir un AK47 de son manteau et descendre tout le monde autour de lui. Ça donne à réfléchir les gens qui déjantent, ceux qui franchissent volontairement la ligne blanche pour vous détruire en choc frontal. Heureusement qu'on nous a appris à parler, à lire et à écrire parce que sinon je me demande bien comment on s'en sortirait. Sans les mots ça doit être un drôle de merdier. Mais même avec les mots, on ne peut pas en dire grand-chose. On sait qu'on ne va pas trop mal tant qu'on arrive à fréquenter les autres et à survivre sans tomber dans la violence. Parce que c'est là qu'elle est la barrière, dans la violence.

Moi j'ai beaucoup réfléchi à propos de la violence et de la santé mentale parce que j'ai eu le temps, dans ma cellule. C'est la prison qui m'a sauvé d'une certaine façon car j'étais, de ce point de vue-là, très mal barré, je veux dire du point de vue de la violence.

Les gens surveillent le physique mais ils continuent d'avancer avec une psychologie de fête foraine, un bric-à-brac plus ou moins bien rangé. Ils font rarement le ménage là-dedans et ça devient vite un vieux crassier avec de l'herbe qui pousse dessus. Mais dessous, ça se prépare en sourdine, ça rougeoie et un jour ça y est, l'incendie souterrain se déclare. C'est vicieux le mental. Ça ne prévient pas. Ou alors oui mais les gens ne savent pas écouter les messages préventifs, les alertes physiques et les rêves. Alors ils pleurent : « Vite docteur, qu'est-ce qui m'arrive, j'ai mal à la poitrine, je suis angoissé, ça sent le gaz, vite, guérissez-moi ! » On leur donne des pilules qui les enfoncent encore plus dans la dépression et la dépendance, autant dire que c'est cuit. Ces gens-là ne s'en sortiront pas indemnes. S'ils s'en sortent. Parce que si jamais ils rencontrent *quelqu'un* qui a des paluches de charcutier, ils peuvent dire adieu à leur équilibre. Le mec foutra un bordel monstre dans le magasin de porcelaine, ensuite, avant que ça explose, il se barrera en faisant fumer les pneus de sa Ferrari. J'ai connu ça, suicide et tout au final, avec le fameux guide en cavale dans la tête d'une autre future victime pour se payer un contrôle technique. C'est cher l'entretien d'une grosse cylindrée.

Mais ma femme croyait à ce genre de personnage. Elle avait le respect inné des autorités médicales. Pour elle Patouillard était un grand maître dont la parole ne devait jamais être mise en doute. Ce mec-là avait dit que je devais voir *quelqu'un* et il avait raison. Au fait que je ne prenais pas mes médocs venait s'ajouter ma résistance à me faire ausculter la tête. En m'acharnant à ne vouloir voir personne je confirmais le diagnostic : je me précipitais pied au plancher vers une dépression sévère.

Mais moi j'allais très bien dans ma tête. Il n'y avait aucun doute. J'étais en mesure de reconnaître une certaine fatigue morale pour la seule raison que je m'étais embarqué, *pour une courte période*, dans cette galère de travail salarié en plomberie. C'est ce que je faisais toujours, j'essayais de pas m'éterniser chez les furieux comme j'appelais les gars du bâtiment. Elle n'était pas encore achevée la ville, depuis le temps qu'ils bossaient dessus ? Et les trottoirs, quand est-ce qu'ils allaient enfin arrêter de les torturer au marteau-piqueur ?

J'avais voulu sortir de la spirale RMI. Le RMI

c'est quelque chose de gluant dans lequel vous vous installez en attendant soi-disant mieux, en essayant de vous développer par ailleurs. Enfin en ce qui me concernait c'était dans ce sens-là que j'avais accepté de m'y inscrire. Mais au bout d'un temps certain je m'étais rendu compte que je m'endettais tous les jours un peu plus et que bientôt j'allais me retrouver une fois de plus à la charge exclusive de ma femme, ce qui, à la longue, n'était plus supportable. Pas pour elle d'ailleurs, car elle ne me faisait jamais de remarques à ce propos bien qu'il ne soit pas facile de remplir le frigo chaque semaine. Mais pour moi qui me retrouvais quand même immobilisé à tous les niveaux malgré le biffeton qu'elle me laissait tous les matins en partant au boulot. Alors j'avais pris le journal et j'avais trouvé cette boîte qui cherchait des plombiers. Il faut reconnaître que la machine est rodée et qu'à tous les niveaux de la société vous trouvez des serviteurs zélés du système de contrôle de la main-d'œuvre. J'en étais une des victimes si on peut dire. Mais consciente quand même. C'est important la conscience qu'on a du piège dans lequel on est pris.

« Le piège », c'est comme ça qu'on pourrait nommer la société. Ça m'a tout de suite rendu complètement asocial. Aux environs de mes dix-huit ans j'avais un colt 45 à la main et, toujours avec mon pote Jo, le dimanche vers treize heures, on attaquait joyeusement les PMU. Le reste de la semaine on se reposait en préparant le coup suivant.

Je ne voulais pas être un mimile comme on appelait les prolétaires. On ne voulait pas ressembler à nos pères, des perdants de la vie qui tous les jours se « rendaient » au boulot pour nourrir leurs gosses et tous les soirs rentraient bourrés à la maison. Sauf qu'à la fin du mois les gosses se tapaient sur le ventre et qu'ils attendaient le « payeur » des allocs pour lui dérober sa sacoche pleine de pognon en liquide et pouvoir rembourser le croum.

Mon père travaillait comme un forçat mais on était mal logés et on n'avait jamais assez pour finir le mois. Ma mère devait en permanence des ronds à l'épicier. Un jour on a été expulsés de notre taudis, les six mômes à la rue et pas de relogement. Pas besoin d'être Einstein pour comprendre que la roulette était truquée et que notre perte était calculée. Seulement voilà, avec mon pote Jo et moi, ils s'étaient gourés dans le calcul.

Tout s'était très mal terminé, naturellement, avec des blessés graves par balles. On est passés en cour d'assises. On a été condamnés à sept ans de réclusion.

Deux jours après le procès, le proc a eu une attaque fulgurante de la maladie de Parkinson, il est devenu soudainement gaga, il n'a plus jamais plaidé. Je n'ai pas pu m'empêcher de ricaner dans ma cellule d'isolement quand j'ai appris ça, parce qu'on apprend ce genre de chose même au fond d'un cachot. Encore aujourd'hui je trouve le synchronisme tout à fait correct. Et qu'on ne vienne pas me dire que je suis responsable de cette attaque, je n'ai jamais donné dans l'attaque cérébrale à distance.

C'était bien les assises. La une du journal aussi, j'ai beaucoup apprécié. Pour une fois, on parlait de moi et il y avait même ma photo dans les faits divers. Bon, ça n'était pas encore la page culturelle mais il faut bien commencer quelque part.

Maintenant c'est plus pareil. Le système judiciaire a compris que c'était valorisant pour les garçons les assises, alors ils ont introduit l'appel. Ça fout tout en l'air et maintenant les assises ça ne vaut plus rien, c'est exactement comme la correctionnelle sauf qu'on peut prendre perpète.

Je disais « le piège », parce que ces domestiques n'ont rien trouvé de mieux à faire que de me coller dans un centre d'apprentissage, à la fin de ma peine, pour mes six derniers mois. Et pour m'apprendre quoi ? Pas le journalisme, non non, la plomberie. Alors que je leur avais hurlé, les armes à la main, que je n'en voulais pas de tous leurs métiers de merde, que j'avais pas la vocation de récurer les chiottes. Eh bien non, fallait que je retourne là d'où j'étais sorti. Et ils étaient nombreux, dans les commissions de semi-liberté, à trouver ça fantastique que je puisse apprendre un métier avant de me lâcher, au bout de six ans de taule, en liberté conditionnelle – avec eux la liberté était toujours associée à des mots tels que « provisoire », « conditionnelle », « semi »...

Les mâchoires du « piège » se refermaient une nouvelle fois. Dommage, parce que franchement j'avais bien apprécié les années de taule. Mais bon, ce n'était que pour six mois et je ne comptais pas m'éterniser dans le métier de plombard. Rien que le mot je ne pouvais pas le saquer. De toute façon, maintenant, le plomb c'est interdit. On devrait nous appeler les « plastiquards ».

En quelque sorte, la prison m'a sauvé. Mais je suis un cas. Il ne faudrait pas en conclure que la prison est quelque chose de merveilleux, surtout de nos jours. De nos jours la prison c'est comme beaucoup d'autres choses, ça ne vaut plus rien : camisole chimique à fond les grelots associée à la téléréalité vingt-quatre heures sur vingt-quatre, imaginez les dégâts dans la tronche des jeunes détenus qui se retrouvent à six, voire huit par cellule et qui se branlent tous ensemble sur le porno du samedi soir.

« Est-ce que tu la sens ?

– Oh oui je la sens.
– Est-ce que tu la sens bien ?
– Oui oui, je la sens bien !
– Tu la sens vraiment ?
– Oui je la sens, je la sens bien. »

C'est pas avec des dialogues aussi bien écrits que les mômes des quartiers dits sensibles vont apprendre à s'en sortir. D'ailleurs on devrait dire « quartiers à vif », pas sensibles, ça ne veut rien dire sensibles, enfin si, ça cache bien ce que ça ne veut pas dire tout en disant quand même quelque chose sur cette putain de soi-disant pudeur des hypocrites de service pour le léchage de la raie du cul des profiteurs. C'est pour ça qu'ils sont à vif les quartiers, ils les ont écorchés vifs les pauvres, pour se payer du bébé phoque et des tableaux de bord en ronce de noyer.

Quand j'y suis passé, Fleury était encore tout neuf. J'ai fait l'ouverture du D4 à la suite de la première mutinerie au D2. Le grand quartier disciplinaire au D3 aussi. Seul en cellule vingt-quatre heures sur vingt-quatre, même en promenade dans une courette sur le toit de la prison, tout seul comme un homme, à dix-huit ans. C'était génial. Pas de télé. Je ne risquais pas la mauvaise influence du ministère de la Propagande. Une isolation sensorielle quasi totale.

J'ai lu plus tard qu'il n'y avait pas trois chemins

dans ces conditions, à cet âge-là : soit le suicide, soit la folie. Comme je ne me suis pas suicidé il faut en déduire que je suis aujourd'hui complètement fou.

Ça fait peur quand on y pense rétrospectivement, c'est ça que je disais, le coup de l'étrier, le petit os de l'oreille interne, la petite membrane fragile : si elle ne résiste pas c'est terminé vous devenez perméable à des choses effrayantes, des choses qui sont dans votre tête, des choses d'un autre monde intérieur que vous tenez à distance dans votre état ordinaire. C'est terrible, c'est juste une question de porosité, de suintement, de déchirure, comme le lierre qui écarte lentement les pierres d'un mur. Mais là, quand le mur s'effondre, c'est brutal : irruption massive d'éléments inconscients dans le conscient, un énorme trou dans la coque, le *Titanic* mental, un cauchemar permanent, pire que le delirium très mince, c'est plus des petites bêtes que vous voyez mais des monstres bicéphales hypertrophiés et polymorphes qui se baladent tranquillement dans votre cellule et vous les voyez même quand vous fermez les yeux, c'est comme si vous n'aviez plus de paupières. Avec les paupières, on retrouve les petites membranes. Perdre un bras ce n'est rien, mais imaginez que vous n'ayez plus de paupières. C'est ce genre de petite connerie qui me fait peur, c'est pas les gros machins, les trucs qu'on peut attraper, non, moi ce qui me fait peur c'est l'insaisissable, le truc gazeux qui fuit et que vous ne pouvez pas arrêter, le parasite qui s'infiltre insidieusement. J'ai connu un type qui n'osait plus respirer parce qu'il pensait que les gardiens envoyaient du gaz à travers la serrure pour l'empoisonner. Il entendait réellement le son du gaz qui envahissait sa cellule, il les imaginait derrière la porte avec tout un appareillage. C'était en détention, en surveillance renforcée, on sortait à cinq ou six en promenade et il nous racontait ça. On essayait bien de le raisonner mais il ne nous croyait pas. À la fin il marchait tout seul, il pensait qu'on faisait partie du complot, nous, des braqueurs…

Au quartier disciplinaire, trois cellules plus loin que la mienne, un codétenu s'est pendu. Il s'était mutiné avec nous mais il ne devait pas avoir le gabarit. Une petite peine, en plus, un an pour vol de voiture. Terminé le môme, ses parents l'ont récupéré dans un cercueil. Un gamin, dix-sept ans, votre fils fait une connerie et on vous le rend dans un cercueil… À l'époque, ça ne me faisait ni chaud ni froid. Je n'avais pas intérêt à être sensible.

Les matons cavalaient dans tous les sens quand ça arrivait, ça paniquait dans les couloirs, les éducateurs gueulaient parce qu'on était mineurs – seize, dix-sept ans. Les mecs se foutaient en l'air en faisant des lanières avec leur pyjama et ils trouvaient toujours un endroit où accrocher la corde. Moi je pissais dans la bouffe dès qu'ils me la servaient au quartier disciplinaire, pour être sûr de ne pas la manger. Mais ils étaient intraitables. Le directeur m'avait dit : « Vous faites la grève de la faim ? Vous craquerez avant moi. Je ne négocie jamais. »

C'est les frites qui m'ont eu. Ils en avaient mis beaucoup, exprès, avec une bonne cuisse de poulet et une macédoine de légumes en entrée. Avec de la mayonnaise. J'ai appelé Jo qui était dans la cellule à côté, on pouvait s'entendre mais il fallait gueuler très fort. J'ai hurlé : « Jo ! Je mange ! J'en peux plus ! Le coup du poulet frites avec la mayo ! Ils m'ont eu ! » Il était déçu Jo. Il a mangé aussi. C'est des bons souvenirs. C'est génial pour ça la prison.

Pour parler de Jo, la dernière fois que je l'ai vu, il roulait en BMW avec une blonde mystérieuse qui, tout le temps de notre entretien, était restée dans l'ombre.

« Ils vont m'avoir, c'est fini. »

C'est ce qu'il m'a dit. Il m'avait donné rendez-vous dans une ruelle que nous connaissions bien, sur les hauteurs de Montreuil, près de la rue de la Noue. Je l'avais attendu. Une voiture est entrée lentement, pleins phares dans la ruelle. Elle s'est arrêtée, Jo est descendu, son calibre à la main, il a crié : « Bouge pas Dan, fais voir tes mains, bon, avance lentement. » C'est ce que j'ai fait, ébloui par les phares. Une fois certain qu'il s'agissait bien de moi et que j'étais seul, Jo a rangé son arme et nous nous sommes embrassés chaleureusement. « Ça va ma couille ? » Quand il vous aimait bien, il vous appelait « ma couille ». Quand il vous appelait « macacou » il était temps de faire vos valises pour les Kerguelen.

Et « ils » l'ont eu.

Il était en guerre mais il était seul. Trop fou, Jo, plus personne ne voulait travailler avec lui, à la fin. Il tuait, il torturait dans des caves pour un mot de travers. Sa loi était devenue mouvante, personne ne comprenait plus rien à sa danse, au moindre faux pas vous finissiez la valse dans une décharge avec un chargeur dans la tête.

« Ils vont m'avoir, c'est fini. »

Sur ces grandes paroles nous nous étions quittés amis.

Pour moi il y avait eu accident dans le cosmos à l'instant de ma mort. Qu'étais-je venu faire dans cet enfer ? Il y avait eu erreur d'aiguillage puis dérayage de la relativité restreinte et j'avais tout bêtement glissé dans le mauvais couloir spatio-temporel, pour atterrir aléatoirement dans les couilles de mon père. Après, instinct oblige, j'ai choisi ma mère plutôt que les chiottes. La vie c'est quand même mieux que le tout-à-l'égout ou la fosse septique.

Jo, c'est des mecs venus d'ailleurs qui l'ont eu. Personne ne savait exactement comment ils étaient parvenus à le serrer mais nous savions parfaitement comment cela s'était terminé : ils l'avaient criblé de balles dans les jambes et enfermé vivant dans une malle qu'ils avaient balancée dans la Seine. Quelques jours plus tard, on avait retrouvé la malle entre deux eaux et les flics avaient identifié Jo assez facilement car il était fiché au grand banditisme. Il était horrible, tout gonflé, je ne l'ai pas reconnu, m'avait dit une ex à lui convoquée pour l'identifier, mais son tatouage, son serpent sur le bras, il n'y en avait qu'un exemplaire dans tout l'univers.

Des souvenirs comme ça, j'en ai des mieux encore mais je ne les cultive pas. Là j'en ramène quelques-uns à cause de Dolto. Il faut bien expliquer pourquoi je me retrouve à fréquenter un minable dans son genre et on est bien obligé de reconnaître que c'est à cause de cette putain de commission de semi-liberté. « Vous êtes libre, monsieur, mais *à moitié*. Ensuite ce sera *sous certaines conditions.* »

« À quoi tu penses ? » m'a demandé ma femme comme elle le fait souvent quand elle me voit vachement méditatif.

J'étais dans mon fauteuil, bien engoncé dans mon peignoir, pas loin de m'endormir, en fait.

« À la commission de semi-liberté.

– Ça faisait longtemps que j'en avais pas entendu parler de la commission de semi-liberté ! Est-ce que tu te rends compte que ça remonte à trente ans en arrière cette histoire ?

– C'est de leur faute si j'en suis là.

– Merci, c'est gentil pour moi.

– Je parle pas de toi, je parle de ma situation en général, le boulot, Dolto, tous ces abrutis que je suis obligé de supporter, des fois j'ai envie de tous les descendre, de faire un carton, pour l'exemple.

– C'est ça que tu appelles un exemple ? Je croyais que tu étais contre la violence, c'est ce que tu dis tout le temps.

– Dans la limite du possible, j'ai toujours dit ça, j'ai toujours évoqué la limite du possible. »

Elle a fermé les yeux pour se contraindre au calme. Je n'aurais pas dû lui parler de la limite du possible, elle ne l'aimait pas, elle me l'avait dit. Mais aussi pourquoi elle me questionnait ?

Mon portable a sonné. C'était Makalou.

Il voulait savoir si j'avais reçu la convocation pour son affaire de racisme. Non, rien reçu. Je m'étais porté témoin parce qu'un connard de couvreur l'avait traité de « fils d'esclave » devant moi. Makalou ne bossait plus pour Dolto, il faisait de la peinture.

« T'as pas perdu le *médicament* Makalou ? »

Il y a eu un silence, le temps qu'il vérifie, et il a rigolé.

« Il est dans la ceinture. »

*

Quand on travaillait ensemble, je prenais Makalou tous les matins à sept heures à la porte de Bagnolet. Il m'attendait assis sous l'Abribus. Il montait dans la voiture et en route pour le parc Hoche. Sauf qu'un matin il n'a pas voulu quitter l'Abribus. J'ai eu beau klaxonner, lui faire comprendre qu'il fallait y aller, rien à faire. J'ai été obligé de descendre.

« Ben alors, qu'est-ce que tu fais ? T'as un problème ? »

Apparemment il en avait un, et plutôt sérieux. Il était hagard, paumé, il cherchait quelque chose par terre.

« Mais bon Dieu, qu'est-ce qui se passe, Makalou, t'as perdu quelque chose ?

– J'ai perdu le médicament.

– Le médicament ? Tu prends des médicaments ? T'es malade ?

– Oui, j'ai perdu le médicament. Peut-être dans le métro.

– C'est pas grave, on va passer à la pharmacie, t'auras qu'à en racheter. Qu'est-ce que tu as comme maladie ?

– Ce n'est pas le médicament des Blancs. C'est le médicament de chez nous, le médicament africain. Maintenant je suis bloqué ici, sous l'Abribus. »

Je ne pigeais pas. Il refusait obstinément de

sortir de l'Abribus et de monter dans la voiture. Il était vraiment mal. Alors j'ai appelé Touré qui était de sa région. Je lui ai expliqué la situation et Touré m'a répondu de ne pas bouger, qu'il arrivait immédiatement. Je me demandais bien de quelle maladie il s'agissait. Comme un imbécile, j'avais peur du sida puisqu'il ne voulait pas m'en parler. Makalou respirait difficilement, de plus en plus angoissé, on aurait dit une hémorragie interne. Je guettais anxieusement l'arrivée de Touré.

Vingt minutes plus tard, il est arrivé avec le camion cabossé de la CCRAMPS, il s'est garé en catastrophe, il a eu une explication rapide avec Makalou, en africain.

« Bon, alors, qu'est-ce qui se passe, c'est quoi sa maladie ? On va être en plein dans les embouteillages maintenant !

– Il a perdu son grigri.

– Son grigri ? C'est ça le médicament ?

– Oui, sans son grigri il ne peut pas travailler, ni monter dans la voiture. Il a peur. Il faut le retrouver. Moi je crois qu'il l'a perdu au foyer.

– Pourquoi il n'appelle pas le foyer ?

– Il peut pas téléphoner sans le médicament. »

Merde alors, j'étais scié. Ça faisait des mois qu'on bossait ensemble et je n'avais jamais soupçonné cette histoire de grigri.

Touré a appelé le foyer. Effectivement, ils avaient retrouvé le médicament à la cantine.

Quand il a appris ça, Makalou est redevenu lui-même aussitôt, comme d'habitude. Il est quand même resté sous l'Abribus en attendant que Touré lui rapporte le grigri. Après quoi il est monté dans la voiture et on a enfin pu quitter Paris. On s'est tapé des embouteillages monstres jusqu'au chantier mais Makalou était heureux, la vitre ouverte, vachement bien dans sa peau, invincible. C'est fort le grigri, je n'aurais jamais cru que ça pouvait agir à ce point. Makalou essayait de me convaincre de son efficacité. Il ne manquait pas d'exemples. Coup de couteau dans le cœur ? Avec le médicament pas de problème, même pas mal, pas besoin de passer aux urgences : le couteau entrait et sortait, pas de plaie, pas de blessure. Il était comme un gosse et je ne voulais pas le faire déplaner en lui disant que dans la cour des grands, grigri ou pas, on ne pouvait pas recoudre une artère tranchée.

*

On a discuté de choses et d'autres, le boulot, le foyer, ça allait bien, tout se passait correctement pour lui mis à part cette histoire d'insulte raciste. Makalou ne comprenait pas que je sois en maladie.

« Pourtant tu es fort, Dan, toi tu es un bonhomme, il faut que tu guérisses, le médicament des Blancs n'est peut-être pas vraiment si puissant que ça. »

Je n'insistais pas, le coup des Assedic ça ne l'intéressait pas, lui il était content d'avoir du boulot, de pouvoir envoyer du blé là-bas pour qu'ils achètent du riz.

On était jeudi. Ma femme était en RTT.

« Et si on allait chercher ta voiture demain ? Ça nous ferait trois jours au bord de la mer, surtout qu'ils annoncent du beau temps », m'a-t-elle dit en mettant la table.

On a mangé, il était encore tôt, ensuite ma femme a fait son sac, ça lui a pris une bonne partie de la soirée. Je regardais le film, une adaptation d'un polar de J.-P. Manchette avec Jean-François Balmer dans le rôle principal. Il est bien Balmer, surtout dans un Manchette, parfait. Manchette je l'avais rencontré, chez lui, en banlieue. J'étais venu réparer deux radiateurs en fonte qui avaient éclaté. Il avait pas beaucoup de thunes Manchette, moi je faisais ça au noir, je lui ai trouvé trois éléments identiques d'occase et je les ai changés. L'installation avait été bien faite, il y avait des T de réglage et du coup j'ai pas eu à vidanger le circuit, j'ai juste remis un peu de pression à la chaudière qui se trouvait dans la cuisine. Mais ça m'avait pris quand même trois jours et on avait eu le temps de parler. Du coup, je m'étais lâché et je lui avais dit que j'avais un polar en écriture et que son avis me serait bien utile. Il buvait du whisky, Manchette, dans son salon. Il avait lu mon manuscrit assez rapidement et il m'avait dit non, ça ne tenait pas la route. J'avais refusé le verre d'alcool parce que je ne bois pas d'alcool. Manchette c'était un type bien, très simple, on l'aurait dit tout droit sorti d'un de ses livres, encore tout fumant d'encre anonyme, un type presque ordinaire. C'était pas le genre à taper la frime avec son mobilier. Je n'avais vu que l'entrée la cuisine et le salon mais je suppose que le reste était du même tonneau. On imagine mal un écrivain qui habiterait dans un appartement en banlieue sud au troisième étage sans ascenseur et qui aurait aménagé l'entrée et le salon d'une certaine façon à seule fin de tromper les gens de passage sur sa personnalité, tandis que le reste de l'appartement serait meublé dans le style élisabéthain.

« C'est un intellectuel. Le coup de vous laisser aller pour vous repiéger ensuite, c'est tout à fait lui. Il a tout de suite compris que vous êtes en contact avec l'autre fille, la copine de piaule... »

Une tornade a coupé la parole à Jean-François Balmer. Ma femme venait de brancher l'aspirateur. Ça la prenait de temps en temps, c'était son unique défaut mais quand elle lui lâchait la bride il vous faisait oublier toutes ses qualités. Il n'y avait qu'une chose à faire, je le savais et je l'ai fait : je me suis habillé et je suis sorti. Elle ne s'en est pas rendu compte tellement elle était concentrée sur son travail. Quand elle avait l'aspirateur dans les mains, elle n'était plus la même, elle était comme possédée, elle traversait le cosmos à cheval sur son balai électrique et plus rien n'existait autour. Une sorte de sabbat sauvage complètement inconscient, comme une crise d'épilepsie moins la bave. J'aurais pas aimé être à la place de la poussière !

Dehors, pas un café à moins de trois ou quatre kilomètres, et c'était pas le genre de café où il fait bon venir le soir pour boire une bière. J'ai marché un moment sur la N7 et je me suis dirigé vers la Seine. Ce n'était pas non plus l'endroit idéal pour une balade à cette heure tardive. Le secteur était chiant à tous les niveaux. C'était pas vivable.

Il y avait bien le parc Joséphine-de-Beauharnais mais il fermait tôt, et même lui ne valait pas tripette, on en avait vite fait le tour et on revenait avec les semelles pleines de merde. Je pouvais plus les saquer leurs putains de cabots, seize tonnes de merde par jour dans le quartier, ajoutées aux quinze mille tonnes de glaviots annuelles ça la rendait pas bandante la banlieue. En fait c'était mortel. Banlieue : banni du lieu, c'est l'origine étymologique. Pour les bâtards donc, les bannis. Que les lampadaires au sodium, les résidences bourgeoises et les merdes de chien autour.

J'aurais bien allumé une cigarette mais je ne fume pas. Il me restait mes poches et j'ai mis mes mains dedans.

Je longeais les bords de Seine lorsqu'une voiture de police est passée. Les trois flics ont tourné la tête vers moi mais ils ne se sont pas arrêtés, ils ont vu que j'étais le type ordinaire que sa femme venait de foutre dehors. Ici c'était une banlieue tranquille, aucun risque d'agression nocturne. Au loin, vers le couchant, on distinguait encore l'île de Chatou et j'étais seul, bien seul à me demander comment j'allais faire demain pour remonter surveiller le manoir de Dolto. Ma femme ne voudrait pas en entendre parler, j'en étais certain. On allait partir au bord de la mer et se faire chier comme des rats morts, à balancer des coups de latte dans les galets en respirant péniblement les effluves perfides venus d'Albion. On baiserait en arrivant, on essaierait le lit, et puis après manger, avant la sieste, et puis le soir aussi avant de s'endormir. Mais tout le reste du temps, qu'est-ce qu'on ferait ? À mon âge on ne baise pas pendant dix heures, on ne reste pas au lit toute la journée à se branler dans un loft. On mangerait des moules, ça c'est sûr, en buvant du vin blanc, le matin je lirais mon journal et elle me demanderait la page des mots croisés mais ça me ferait chier parce qu'il y aurait justement une rubrique culturelle intéressante au dos. Ça y est j'avais trouvé ! Je lui dirais que je tenais à voir le fameux manoir où avait vécu un écrivain célèbre : « La mare au diable », George Sand. Ma femme n'y connaissant strictement rien en littérature, le titre lui rappellerait vaguement quelque chose, c'était crédible, c'était gagné d'avance.

À propos du manoir, j'avais remarqué un truc pas normal : il manquait la moitié de la toiture. Une grande partie était bâchée et il n'y avait plus de tuiles. Les bâches étaient vieilles, ce n'était pas en chantier, ça m'étonnait de Dolto parce que c'était bien le genre à faire refaire sa toiture par des gars de la boîte en leur payant un casse-dalle et en leur promettant une prime à la fin de l'année. Quand un mec osait lui demander une augmentation il répondait : « Faites vos preuves, Lettelier, et on verra pour l'augmentation. » Sauf que Lettelier ses preuves il les avait déjà largement faites, il était depuis trois ans dans la boîte et il avait pas encore pris un jour de vacances malgré qu'il soit classé meilleur ouvrier de France en chauffage. Ça l'avait séché sur place, la réplique de Dolto, il n'avait rien trouvé à répondre tellement c'était énorme et il était redescendu dans la chaufferie en marmonnant : « Faites vos preuves qui disait... Faites vos preuves, Lettelier... » Du coup ça me ramenait à Dujardin de penser à Lettelier, d'un faible à l'autre je remontais la chaîne de l'infamie ancrée, comme chacun sait, dans le *consentement*.

Dujardin, il faut savoir que Dolto avait réussi à le faire plonger de son petit héritage – quatre-vingt-cinq patates quand même, ajoutées à ses éconocroques, le total avait atteint les cent vingt briques. Et maintenant il n'avait plus rien, Dujardin. Il avait perdu sa place puisqu'il ne bossait plus, embarqué qu'il était dans sa poursuite infernale, il y avait laissé son fric, sa femme, ses gosses et sa tranquillité. Tout.

Dolto, c'était quelqu'un qui savait embobiner son monde. Il avait dû lui promettre que la somme doublerait en six mois, il faut au moins ça pour faire plonger un ouvrier de cent vingt patates. Ou alors carrément il l'avait eu à l'amitié, aux sentiments, sans que l'autre sente rien. Peut-être à travers les gonzesses ? J'ignorais comment il avait procédé, toujours est-il qu'il avait bel et bien réussi son coup.

Qu'est-ce qu'il lui cassait sur les reins au pauvre Dujardin quand il n'était pas là ! Que des saloperies qu'il avait dû refouler avant d'encaisser la monnaie ! C'était plus fort que lui, il fallait que ça sorte.

« Tu verrais sa gonzesse, qu'il disait à Abdel, la Nicole c'est un vrai tas de merde, elle a un cul, mon vieux, c'est mou comme du fromage blanc dans un sac en plastique. »

Finalement, c'était peut-être bien un poète refoulé aussi, Dolto.

« Qu'est-ce t'en sais, tu y as goûté ? »

Il était curieux de ces trucs-là, Abdel, et le Dolto, il n'avait pas besoin d'être bousculé pour étaler ses performances quand il aimait bien un mec.

« Elle a insisté pour que je l'encule pendant qu'il préparait des hameçons, je l'ai bourrinée dans la cave, dans leur baraque de merde là-bas dans la Creuse, j'étais un peu bourré elle a réussi à me faire bander avec ses grosses mains à traire les vaches mais putain j'ai regretté, tu verrais le tas de suif ! »

Et si par malheur le Dujardin se pointait à ce moment-là, essoufflé à force de lui cavaler après, et qu'il disait un truc du genre :

« Ah ! T'es là ? Ça fait huit jours que je te cherche ! Bon, vous venez ce week-end, hein ? Vous nous faites pas le coup de la semaine dernière ! Tout est prêt. On laissera les nanas se raconter leur vie et on sortira du brochet, j'ai réparé la barque. Et si on sort pas de poisson, Nicole nous fera une blanquette, je sais qu'Antonia adore ça. »

Eh bien, Dolto tournait sa veste à cent quatre-vingts degrés. Il répondait : « On va se régaler, t'occupe pas du pinard, j'apporte ce qu'il faut. Par contre, je suis pas certain qu'Antonia puisse venir… »

L'autre abruti resplendissait. Maintenant il était toujours en costard et il ne touchait plus un outil, par principe, depuis ce jour où il m'avait enlevé la clef à molette des mains pour serrer un raccord union et que Dolto l'avait repris, par rapport à son statut de directeur.

Mais dès qu'il avait tourné les talons, Dolto soufflait : « Il me gonfle avec sa Nicole, c'est un vrai tas de boue, son cul on dirait de la gelée de framboise aux hémorroïdes, ça doit être meilleur de limer dans un tas de sable ! » Il avait un côté comme ça Dolto, un côté hypervulgaire qui se manifestait de temps en temps et qui mettait tout le monde mal à l'aise. Abdel et moi on n'aimait pas qu'il nous implique de cette manière dans ses mensonges.

« Elle a la classe, Antonia », disait Dujardin. Et : « On a beau dire ce qu'on veut, mais Dolto c'est quelqu'un de *capable* pour se sortir une nana pareille ! » Pour Dujardin il y avait ceux qui étaient capables, très très rares, et tous les autres qui, s'ils n'étaient pas franchement incapables n'en étaient pas pour autant capables. Je pense que, pour Dujardin, Abdel et moi nous n'étions pas des gens capables. On arrivait à vivre mais on ne passait pas la barre, quoi. Avec nos vieux portables et nos bleus à l'enseigne de la boîte on restait en dessous.

« C'est pas possible d'être con à ce point-là,

disait Abdel, faut intervenir, les mecs, faut se dévouer, crever l'abcès d'un seul coup. »

Aujourd'hui je pense que c'est un homosexuel refoulé Dolto. Il était comme ça, il tombait amoureux du mec et il ne le lâchait plus pendant un mois ou deux, il venait bouffer avec lui sur les chantiers, toujours à aborder les histoires de cul, à se vanter de sa virilité. Avec Abdel, il était mal tombé parce qu'en fait c'était un voyou mais il ne l'a su que lorsque Abdel a disparu avec une voiture de la boîte, après avoir vidé un local dont il avait les clefs. Il s'est taillé la route avec cent cinquante chaudières mixtes et un véhicule de la société. Il était en cavale depuis plusieurs années, c'est les gendarmes qui l'ont appris à Dolto.

De temps à autre par la suite, on avait des nouvelles : « Il a été flashé avec la voiture à cent quatre-vingts en Belgique. » « Il a forcé un barrage en Hollande. » C'était évident qu'il remontait vers le pôle, Abdel, il avait peut-être l'intention de vendre les chaudières aux Esquimaux, d'installer la VMC dans les igloos, histoire de se rafraîchir les idées.

En y réfléchissant il y avait quelque chose qui ne collait pas : qu'est-ce qu'il faisait du pognon, Dolto ? Parce qu'il avait de gros chantiers et il ne payait pas beaucoup, on n'était pas nombreux à toucher dix mille balles par mois; les mômes, quand il leur filait le smic, ils pouvaient s'estimer heureux. Pourtant il avait de gros contrats avec l'État, et aussi l'entretien d'un nombre important de gares. De plusieurs choses dont j'ai à me ressouvenir, je me souviens tout particulièrement de cette gare sur la grande ceinture, une rénovation totale pour laquelle il avait palpé un maximum, sans pénalités de retard, avec un compagnon et un manœuvre en tout et pour tout.

À la grande ceinture, il avait embauché un commis. Un certain Louize. Encore un sacré comique. C'est lui qui m'avait emmené sur le chantier avec des plans tout neufs du collecteur en sous-sol, en vide sanitaire. Le plan était parfait, il en était vachement fier. Le collecteur (du PVC de trois cents en sortie) aboutissait face à un énorme mur en pierre de taille de plus d'un mètre d'épaisseur qu'il faudrait percer afin d'aboutir dans le regard du tout-à-l'égout qui, d'après le plan, se trouvait en façade, sous le trottoir de la gare. Ensuite il suffirait de monter au rez-de-chaussée et d'installer tous les éléments à raccorder, chiottes, évier, lavabos et ventilation primaire. Ensuite il y aurait bien sûr la VMC et la clim. C'était un chantier assez important et avec Makalou on s'était mis immédiatement au boulot. Pour commencer : pose de tous les colliers, aussi bien pour le collecteur que pour l'alimentation en eau avec réducteur de pression et clapet antipollution.

Je voulais des colliers en plastique mais le commis n'a rien voulu savoir. Il m'a fait livrer deux énormes sacs en toile de jute dans lesquels se trouvaient en vrac des colliers-poires de toutes dimensions, un bordel monstre de récupération qui devait traîner depuis des années dans le local à merde de Montreuil. J'étais scié. Les colliers-poires, je ne supporte pas, le tuyau bouge à l'intérieur et les diamètres ne sont pas repérables à l'œil. Déjà, on allait passer plusieurs jours rien que pour les trier et les distribuer sur le parcours parce que, encore une fois, bien sûr, il y avait des réductions à respecter : on démarrait en cent et en quarante, pour finir sur du trois cents, avec des coudages je vous dis que ça. Il allait falloir être ingénieux pour ne pas créer des contre-pentes. Makalou c'était pas une pointure en ce qui concernait le repérage des diamètres. Maintenant il connaissait bien le diamètre de mèches mais je me voyais mal lui apprendre le diamètre des colliers-poires...

J'ai appelé Louize. Comme il était tout droit et raide sur ses pattes, maigre, avec une touffe de cheveux hyperblancs sur le sommet du crâne, je l'avais surnommé « Coton-Tige ». J'ai eu la secrétaire et je lui ai dit : « Il est là Coton-Tige ? » Elle n'a pas capté alors j'ai précisé : « Louize, le nouveau comique, il est là ? » Elle a pouffé et elle me l'a passé, le surnom allait faire recette, c'était déjà ça.

On a eu une discussion au téléphone mais il ne voulait pas en démordre de ses colliers-poires, il a été sec, cassant : « Et puis ne m'appelez plus au bureau pour ce genre de broutille. C'est du temps perdu. Vous devriez être en train de travailler. Il faut tenir les horaires. »

Il se la pétait commis à mort, discipline de fer, la boîte allait tourner. Et avec lui, pas question de se faire piquer les outils qu'il donnait au compte-gouttes. Je ne sais pas comment Dolto s'était démerdé mais le type était galvanisé, en pleine croisade, pas de gants de velours, rien, dur à la réplique, jamais un mot d'humour, ignorant depuis toujours le sourire, le type se prenait pour un homme depuis qu'il était tombé de son arbre généalogique pourri. C'était mal barré entre nous parce que moi tout ça ne m'a jamais empêché de me fendre la gueule. Je le lui disais mais il n'appréciait pas.

Il me vouvoyait. Le premier jour, il me dit sur un ton de commandement : « Vous vous installez là en attendant, toutes les places en Algeco sont prises par les gars de chez Bouygues. » C'était un petit local dans le sous-sol, très humide, pas de ventilation, pas de placards pour nos habits, pas d'eau. Le truc strictement interdit dans les conventions collectives, grosse amende par l'inspection du travail, mais bon, dans ce genre de métier maintenant on ne peut plus se permettre d'en appeler aux conventions collectives parce que les autres Européens comme je le disais, eux, ils se changent directement sur l'échafaudage. Un local c'était déjà beau pour une petite boîte comme la nôtre.

« Et comment on fait pour se laver ?

– Vous n'avez qu'à vous installer un point d'eau quelque part.

– Tu te fous de ma gueule, Louize ? »

Il est devenu encore plus raide et il a continué de me vouvoyer en force, pour bien me montrer qu'il n'appréciait pas du tout que je passe au tutoiement avec en plus un déplacement de langage à la limite de l'insulte.

« Vous faites comme ça. Commencez les percements pour les colliers, je vous les fais livrer demain matin par Touré. Et fermez le local, si l'inspection du travail passe, qu'ils voient pas vos fringues là-dedans, ils nous foutraient une amende. »

Qu'est-ce que je vous disais…

Il n'avait jamais l'air content dans ses petites fringues de ringard. Habitué à des rapports de domination sur ses subalternes craignant la perte de leur emploi, ce genre de pauvre mec ne connaissait pas le rapport direct d'homme à homme, ce petit truc pourtant classique en milieu carcéral : tout à coup une lame jaillit et il est trop tard ; qu'il soit petit, malingre, désavantagé physiquement, cela n'empêchera jamais un homme d'être plus malin qu'un autre. Combien j'en avais vu des grandes gueules baraquées se retrouver au tapis avec une artère tranchée et réalisant trop tard qu'un gros biceps ne remplacera jamais une détermination farouche soutenue par un cerveau mieux organisé...

Louize était habitué, de par sa position hiérarchique, à abuser de son petit pouvoir minable et mon attitude plus que désinvolte ajoutée à mes écarts de langage le rendaient haineux. Il n'était rien, vraiment, beaucoup moins intéressant qu'un brin d'herbe, pourtant, dans son microscopique milieu du monde du travail salarié, il se prenait pour un dieu et parvenait à imposer sur les chantiers une simili terreur larvée. Hallucinant. Comme si la vie n'était déjà pas assez difficile comme ça pour l'ouvrier, il fallait que ce mec-là vienne en remettre une couche. Encore un qui allait se prendre une mandale dans la gueule au coin d'un escalier, sans témoin. Encore un qui allait pleurer sa grand-mère, la tête coincée entre deux marches en béton avec ma chaussure de sécurité dessus. Parce que pour moi la perte d'un tel emploi ne me posait aucun problème, surtout pour faute grave, ou lourde même, à supposer qu'il le prouve, que c'était moi qui l'avais frappé.

J'en avais marre de jouer au justicier solitaire, tout ça à cause de la commission de semi-liberté.

Je lui en voulais à cette commission. Je les imaginais autour de leur table ronde en train de décider de mon sort avec leurs idées toutes faites sur la rédemption par le travail, tous en train de fumer leur cigarette, avec leurs petites ambitions certifiées conformes par le plus grand nombre, vivant confortablement du crime quand même, des gens qui ne voudraient jamais reconnaître qu'au fond ils étaient bien contents que le taux de délinquance augmente parce qu'ils y tenaient à leur place. Ils y étaient bien dans leur niche.

Pourvu qu'il ne me pousse pas à bout, pourvu qu'il ne m'oblige pas à en venir aux mains, parce que malingre comme il est, une gifle et le petit pois qui lui sert de cerveau peut lui sortir facilement par les narines... C'est ce que je me disais en le regardant bien droit dans les yeux, le comique, afin qu'il comprenne, qu'il se tienne un peu en retrait car je la voyais déjà en filigrane la fin de l'histoire pour lui, le minable qui se planquait derrière sa veste en Tergal et son froc de chez Prisu, ses petites cannes maigrelettes, son petit torse de poulet arrogant qui se prenait pour un coq sous sa chemise à dix balles.

Mais lui non, du haut de son nouveau poste il ne voyait rien venir et il m'avait envoyé les colliers-poires que je me retrouvais dans l'obligation de poser. Ce que j'ai fait, en rampant dans le vide sanitaire, en étudiant bien les pentes pour que l'eau s'évacue correctement, ce qui n'est pas une mince affaire quand vous n'avez que cinquante centimètres de hauteur pour vous déplacer et pour percer le béton afin de mettre la cheville dans laquelle vous allez visser la tige filetée que vous aurez au préalable coupée à la bonne dimension en respectant la pente. C'est-à-dire, si on m'a bien suivi, qu'il n'y a aucune tige filetée qui aura la même dimension, et ça sur toute la longueur du sous-sol, en posant un collier tous les cinquante centimètres pour trois rangs de tuyaux, voire quatre selon le parcours des pluviales. Bon, c'est le métier. Un métier de merde je le maintiens. Les trois D : Déprimant, Débile et Dégueulasse. Mais avec Makalou c'était quand même un régal de travailler parce qu'il ne se plaignait jamais de rien, un vrai guerrier de l'enfer Makalou. Tant qu'il avait le médicament.

Au bout d'une semaine, on avait posé tous les colliers-poires avec une pente vraiment régulière de deux centimètres par mètre.

Le vendredi, avant de partir, je vais trouver le chef de chantier, Didier, un Gaulois, afin qu'il me prévoit un maçon pour le percement du mur le lundi. Les percements nous étaient dus par les maçons.

Le chef descend donc avec moi en vide sanitaire, je lui montre où doit se faire le trou pour aboutir dans le tout-à-l'égout et je remarque qu'il reste perplexe. Une fois remonté à la surface il me dit : « Dan, il y a une erreur, le regard n'est pas là, il se trouve à l'autre bout de la gare, sur la gauche. »

Je lui sors mon plan, il l'examine et il conclut : « Ton plan est faux, il n'y a jamais eu de regard à cet endroit de la gare. »

Il m'emmène sur les lieux, on tourne en rond pendant une demi-heure et je suis obligé de me rendre à l'évidence : le plan que m'a remis Coton-Tige est faux, complètement faux, ce qui signifie qu'on vient de se faire chier pendant une semaine à ramper dans la merde pour des cacahouètes. Je dis bien dans la merde parce que, évidemment, il s'était trouvé deux ou trois connards de pue-la-sueur pour venir chier dans le vide sanitaire en loucedé pendant l'heure du repas et on avait pas manqué de ramper dedans. Je peux vous affirmer que ça vous met en forme pour la journée et que vous ne l'aimez pas le prolo à ce moment-là, la très fameuse classe ouvrière des révolutionnaires romantiques de salon vous n'avez qu'une envie c'est de lui coller le nez dans sa daube, comme on fait pour les clébards.

Toute la pose des colliers était à refaire. Bravo Louize. Un coup de fil à Dolto et il se faisait virer. Mais ce n'était pas mon style. Le jeudi suivant il y avait rendez-vous de chantier. C'est là qu'on allait se marrer.

« Bon, Makalou, viens, on se casse, on verra ça lundi.

– Ce commis, Coton-Tige là, il n'est pas vraiment gentil avec les colliers-poires dans le vide sanitaire...

– C'est rien à côté du faux plan, Makalou. C'est lui qui est responsable. C'est lui qui a fait le relevé sur place. Il a vu un regard de tout-à-l'égout là où il n'y en avait pas, pareil pour les pluviales, on est obligés de tout refaire, tout ce qu'on a fait cette semaine, Makalou. On va tout démonter et il va falloir repenser tout le système à leur place. Le plan ne vaut plus rien. Mais attends le rendez-vous de chantier jeudi, tu vas voir, on va rigoler cinq minutes. »

Et j'ai déchiré le plan devant lui, je l'ai balancé dans une poubelle. Makalou serrait les mâchoires. Il n'aimait pas quand je faisais des trucs de ce genre. Par exemple il m'arrivait de balancer rageusement un perforateur du haut de l'échafaudage, de l'outillage chinois qui ne valait pas un clou et avec lequel on se faisait chier à mort, on tuait des mèches au tungstène qui valaient trois fois plus cher que l'outil. Franchement je n'ai rien contre les Chinois mais question outillage et question élégance faut les arrêter. Je suis pour faire passer des lois sur les chaussures à talons aiguilles en ce qui concerne les montagnardes chinoises. On dirait qu'elles ont un étai entre les cuisses quand elles marchent avec leurs talons. Ça les désavantage vachement je trouve, et la moindre des choses ce serait d'être honnête et de leur dire carrément la vérité, de passer une loi pour les protéger, une sorte d'amendement Almodóvar.

Makalou, accroché des deux mains au garde-corps de l'échafaudage, les yeux démesurément ouverts, regardait l'outil éclaté en bas sur le sol en béton.

« Tu as jeté la perceuse !

– C'est de la merde, je travaille pas avec ça, s'il m'en apporte pas une autre on perce plus et c'est tout. »

Oui, ils étaient fous les Blancs et je l'avais mauvaise l'affaire du plan bidon. On allait être obligés de tout déposer, et de tout recommencer. Surtout qu'en y réfléchissant un tant soit peu sérieusement, comme tout allait se trouver basculé vers la gauche, il n'y aurait qu'une seule pente pour l'ensemble du collecteur et je n'étais pas certain que cela puisse se faire. On risquait d'arriver en bout de course bien plus bas que le regard du tout-à-l'égout qui, je venais de le constater, n'était pas creusé si profond que ça. Et pas question d'y toucher, tout le pourtour de la gare était déjà terminé par la voirie, tout en béton lavé. C'est beau le béton lavé quand c'est bien fait.

*

Mon téléphone portable a vibré dans ma poche. C'était ma femme qui s'inquiétait. J'avais beaucoup marché sans m'en rendre compte, j'étais presque au pont de Chatou. Elle était en voiture, elle me cherchait angoissée comme pour un gosse qui se serait fait enlever.

On a fini par se retrouver sur la N7 aux environs du nouvel échangeur routier et on a eu une discussion assez sérieuse à propos du balayage cosmique. Il faut dire qu'elle s'y connaissait vraiment bien, elle m'a expliqué que la poussière *fixait* les bactéries, et qu'elle menait une guerre contre les envahisseurs invisibles à l'œil nu qui se planquaient dans nos tapis, sur nos meubles, toujours prêts à nous infecter. Elle m'a fait oublier mes problèmes. Je la trouvais courageuse dans son combat quotidien. Avec elle j'étais tranquille sur ce terrain, j'avais une alliée solide.

Elle s'est rendu compte que je la suivais à fond. Elle n'en revenait pas. C'était la première fois qu'elle me faisait changer d'avis, d'après elle. Elle n'y croyait pas, elle pensait que je faisais semblant de partager ses vues et il m'a fallu un peu de temps pour la convaincre. Mais j'ai réussi : « T'es une guerrière toi aussi ma chérie, c'est pas évident ce truc des bactéries, ce sont ces petits combats pernicieux qui sont les plus difficiles à gagner parce qu'on ne gagnera jamais la guerre contre la poussière, c'est une guerre à l'infini que tu mènes. Franchement, c'est très courageux... »

On est rentrés chez nous et on s'est couchés. Elle a mis le réveil pour sept heures afin de ne pas arriver trop tard en Normandie et on a baisé, comme prévu mais un peu plus tard.

*

Il faisait beau quand on est arrivés. On a pris une chambre qui donnait sur le port et une fois nos affaires un peu rangées, j'ai basculé ma femme sur le lit juste avant qu'elle prenne une douche et on a baisé directement sur le couvre-lit qu'elle a ensuite passé sous le robinet pour qu'il ne soit pas taché. C'était une traqueuse en ce qui concernait les taches.

Allongé sur le lit, je voyais les mâts des bateaux qui se balançaient, j'étais vachement bien et ça c'était certain, dès que j'en aurais terminé avec Dolto je me la coulerais douce, je me mettrais enfin sérieusement à mon bouquin. J'avais du mal à le terminer. J'étais lent, peut-être une page toutes les trois semaines quand j'étais en forme, deux phrases par jour. En trois ans j'en étais à la page quatre-vingt-quatre, mais elles étaient bien mes pages, il n'y avait pas à revenir dessus. L'histoire était simple : trente ans après sa libération un homme devenait un tueur en série, il tuait un à un les membres de la commission de semi-liberté qui à l'époque avait décidé de son sort. Ça s'intitulait *Le Récidiviste*.

Ma femme mettait le dessus-de-lit à sécher sur le rebord de la fenêtre, elle s'était habillée à la va-vite, elle avait enfilé un T-shirt et c'est tout, pas de culotte, pas de soutif, comme ça en plein soleil je voyais ses fesses en transparence et ça valait tous les bateaux du monde. C'est sûr qu'ensuite on serait bien, avec les Assedic pendant deux ans je pourrais me remettre à mon bouquin et s'il marchait, s'il se vendait bien, elle arrêterait de travailler chez Renault et on vivrait comme ça dans un hôtel au bord de la mer.

À midi on est descendus pour manger. On a trouvé un petit restaurant avec vue sur le port parce que je ne pouvais plus me passer de la contemplation des bateaux. Ils me berçaient, m'hypnotisaient, tous les mâts dans le même rythme, on aurait dit qu'ils écoutaient *La Truite* de Schubert. On a mangé des moules en buvant du vin blanc. Ma femme s'est retrouvée légèrement ivre au final et on est remontés dans notre chambre pour faire une sieste. Comme imprévu on a baisé en guise de dessert et puis on s'est endormis avec la fenêtre ouverte.

Un cri m'a réveillé, un cri de mouette. Je ne sais pas pourquoi elle avait crié si près de notre fenêtre, ça faisait froid dans le dos. Ma femme aussi ça l'a réveillée.

« T'as entendu ?

– Oui, c'était une mouette.

– Une mouette ? Non, je crois pas, c'était quelqu'un, c'était un cri humain, un cri de femme, un cri de douleur. »

On s'est levés pour aller à la fenêtre : rien de spécial sur le port, le cri n'avait réveillé que nous. J'ai levé les yeux et j'en ai vu des mouettes qui s'ébattaient dans le ciel, mais quasiment muettes.

« Avec toi c'est toujours une femme. »

C'est ce que j'ai dit à la mienne qui a haussé les épaules.

« N'importe quoi. »

Elle a filé sous la douche, directement, parce qu'elle était déjà nue. Je m'étais fait avoir, ça allait durer une demi-heure. Ma femme était une fanatique de la propreté, elle se récurait la chatte avec de la courge séchée, elle utilisait des savons de toilette intime achetés en pharmacie comme pour une opération chirurgicale, au final ça n'avait plus aucun goût. Elle châtiait aussi son langage, quand elle voulait me branler, elle disait : « Tu veux que je te stimule ? » Ça foutait tout en l'air bien sûr. Pour un doigt dans le cul j'allais un jour entendre parler de « toucher rectal ». Je me sentais comme un chien de Pavlov, comme un rat de laboratoire, mais je n'osais pas lui dire, j'avais peur de la blesser, de la vexer car elle se vexait très facilement au lit. À poil, l'humain est excessivement vulnérable, une fois habillé c'est le contraire, il fait semblant de tout écouter pour ne rien entendre. Pour en revenir au fondamentalisme hygiénique de ma femme, il faut reconnaître que la propreté, la politesse et la libido c'est pas fait pour aller ensemble au plumard, alors je me débrouillais pour la choper à l'improviste, le plus longtemps possible après la douche.

Plus tard, j'ai réussi à l'embobiner pour qu'on aille se promener du côté du manoir de Dolto.

On a marché longtemps. Ça grimpait raidos mais il faisait beau et l'air n'était pas si perfide que ça, finalement.

Ma femme respectait mes connaissances littéraires et avec George Sand j'avais trouvé l'axe, je pouvais raconter n'importe quoi.

« Partout où il a habité il a appelé sa baraque "La mare au diable", George Sand.

– Je croyais que c'était une femme.

– C'était un travelo, à l'époque ils n'opéraient pas encore, y avait pas tout le bordel génétique, c'était une sorte d'homo si tu préfères, mais planqué. »

Je disais ce qui me passait par la tête, en réalité tout ce que je savais c'était que George Sand avait écrit *La Mare au diable*, cela étant j'aurais été bien incapable de dire combien il y en avait des diables, et pour tout dire je n'étais pas absolument certain qu'il s'agisse d'une femme. Elle avait baisé avec Mozart, non ? En revanche j'étais incollable sur Blaise Cendrars, *La Prose du Transsibérien* date de 1913 et ça n'a pas pris une ride. *Il y a des Italiens, des Grecs, des Espagnols, / Des Russes, des Bulgares, des Persans, des Mongols. / Ce sont des bêtes de cirque qui sautent les méridiens. / On leur jette un morceau de viande noire, comme à des chiens / C'est leur bonheur à eux que cette sale pitance. / Seigneur, ayez pitié des peuples en souffrance.* C'est dans *Les Pâques à New York*, ça.

En ce temps-là j'étais en mon adolescence / J'avais à peine seize ans et je ne me souvenais déjà plus de mon enfance / J'étais à seize mille lieues du lieu de ma naissance / J'étais à Moscou, dans la ville des mille et trois clochers et des sept gares. Ça vaut tout l'or du monde, du monde entier je veux dire, *La Prose du Transsibérien et de la Petite Jehanne de France*. C'est toujours d'après-demain alors que d'autres, bien plus célèbres que lui à l'époque, on ne peut plus les lire, c'est ampoulé, gavant dès la troisième phrase. Si Dolto avait habité une propriété nommée « Moravagine » je m'en serais mieux sorti. Mais ce n'était pas le cas et par conséquent je ramais.

J'ai retrouvé le chemin par lequel j'étais passé l'autre fois et cinq minutes plus tard, le manoir est apparu à cinquante mètres en contrebas, avec à l'horizon la Manche huileuse et verte comme une huître géante. Dolto était là, sa voiture garée devant le perron. Tous les rideaux du manoir étaient tirés, on ne pouvait rien distinguer de ce qui se tramait à l'intérieur.

« C'est drôlement beau comme propriété, il avait du goût George Sand, m'a dit ma femme.

– Et du pognon, il semblerait. C'est quand même un peu à l'abandon maintenant, regarde, le toit est à moitié couvert et le parc n'est pas entretenu.

– Ils ont quand même une Mercedes dernier modèle. Bon, qu'est-ce qu'on fait ? On redescend ? »

Rien ne bougeait. Comme s'ils dormaient encore. À quatre heures de l'après-midi. Ça me semblait bizarre parce que Dolto était du type hyperactif, debout à cinq heures et couché à minuit une heure.

La toiture m'intéressait. Les tuiles étaient vraiment particulières, au moins six recouvrements avec des motifs peints, et je me disais : « Rien que le prix de la toiture ça me suffirait pour me payer une petite maison dans un coin paumé… »

J'ai fait traîner encore un petit quart d'heure parce que je n'arrivais pas à me décider. Mes motivations n'étaient plus aussi évidentes maintenant que ma femme était là, elle pesait lourd dans la balance.

On est redescendus par le bord de mer qui était

très accidenté. À un moment on a été bloqués par la falaise, on a été obligés de traverser des propriétés privées. Ma femme n'aimait pas du tout ce genre de galère d'autant qu'elle n'avait pas les bonnes chaussures, mais enfin elle s'efforçait de faire bonne figure.

Une fois revenus en ville, on s'est fait chier une heure ou deux, on a « magasiné » comme elle disait. Elle s'est acheté trois conneries, du savon avec une ficelle à l'intérieur, des cartes postales et deux paires de chaussettes pour moi, pour cet hiver. On était en mai.

Tout soudain j'ai vu Dujardin passer au volant de sa voiture. Il avait l'air hagard et cherchait visiblement une place pour se garer. Nous étions installés à la terrasse d'un café. Ma femme, occupée à rédiger ses cartes postales, mordillait son stylo, elle réfléchissait à ce qu'elle allait écrire, elle s'est lancée d'un coup, en une seconde c'était terminé.

« Tu veux ajouter un mot ?

– De quoi ?

– Un mot pour mes parents.

– Qu'est-ce que tu veux que je leur dise ?

– Je sais pas moi, bonjour, il fait beau, ils seront contents.

– Bonjour, il fait beau, c'est très recherché comme texte, ça va un peu trop loin politiquement, tu ne trouves pas ? »

Merde merde et remerde, Dujardin venait de descendre de son véhicule garé en double file et il se dirigeait droit sur nous.

« Je disais ça pour t'aider puisque tu m'as

demandé… et ça me retombe dessus. T'es pas sympa. »

Il ne s'agissait pas de plaisanter sur ses cartes postales, mais c'est vrai que ce n'était pas très fin de ma part.

« Non, non, ce n'est pas ce que j'ai voulu dire, excuse-moi ma chérie, je ne suis pas dans mon assiette, je… je sais pas, j'ai mal au bide… je reviens. »

J'ai cavalé aux chiottes, je me suis enfermé et j'ai attendu. Il finirait bien par se tirer Dujardin.

À mon avis, il n'était pas dans le coin par hasard ; il était sur la piste de Dolto, et donc ça n'allait pas tarder à devenir très chaud dans le secteur. Il n'était pas rasé depuis au moins une semaine et il avait toujours son pansement sur l'œil gauche et du Scotch marron sur le phare de la bagnole. Même à distance il puait la dérive, il faisait vachement wanted, le mec qui allait allumer du monde avec sa Winchester, le tordu qui ruminait sa haine en bouquinant une petite méthode pour former un tireur, dormant dans la bagnole et buvant du rouge au cubi. Même moi qui ne lui avais rien fait, je pouvais manger pour les autres, un mot de travers ou même un regard mal interprété… De me savoir ici, un mec dans son état pouvait se monter le bourrichon après s'être mis la rate au court-bouillon et en déduire que j'étais en cheville avec son ennemi pour conséquemment me fumer en plein vol comme un lapin. Il avait des raisons de ne plus croire personne.

« Tu vas arrêter de nous bassiner avec Dolto, hein ! Dolto il en a rien à foutre de ta gueule ! Et c'est pour ça que t'arrives plus à mettre la main dessus. Il t'a enculé de cent vingt briques, tout le monde le sait dans la boîte. Et tu veux que j'te dise ? Parce que t'es trop con aussi à la fin ! Il a même enculé ta femme dans la cave en Creuse, et ça toute la boîte est au courant aussi. Non mais c'est vrai quoi, y a des limites à la connerie, merde ! »

Quand Abdel lui avait craché ça en pleine gueule, au resto, Dujardin lui avait foncé dans les plumes avec un hurlement de bête qu'on achève. Mais il était fort Abdel, bien plus fort que lui et Dujardin avait fini sur le carrelage, à moitié K-O, la tête dans les concombres à la crème, devant tout le monde. On avait quand même réussi à les séparer, à arracher Dujardin des mains d'Abdel qui se retenait pour ne pas le massacrer totalement. Dujardin était parti en pleurant, comme un gosse qui aurait perdu sa mère dans la foule. L'air hagard et désespéré. Ça lui en avait mis un sacré coup ces révélations sordides, je trouvais qu'il y avait été un peu fort, Abdel.

On l'avait vu prendre sa voiture qui commençait à être vraiment crade et s'arracher sur les chapeaux des roues. À cette époque, sa femme s'était déjà tirée avec les deux mômes, elle était déjà pacsée avec sa directrice de banque.

Aujourd'hui, Dujardin il y croyait dur comme fer en sa Winchester.

Quelqu'un a tourné la poignée de la porte. J'ai fait du bruit pour faire comprendre que c'était occupé et j'ai attendu que la personne se fatigue, collé au mur pour éviter les bastos. Mais un moment après, la poignée s'est encore agitée, alors j'ai gémi, en déformant ma voix : « Je suis malade, allez aux toilettes des femmes, c'est libre. »

Les pas se sont éloignés. J'ai respiré parce que c'était bien le genre à tirer à travers la porte. J'ai attendu encore au moins cinq minutes, c'est long cinq minutes, plaqué de profil contre le mur des chiottes. Quand j'ai été certain que personne m'attendait à l'extérieur, j'ai tiré la chasse et je suis sorti.

Je suis remonté dans la salle, méfiant, mais le café était vide à part ma femme qui finissait son thé en discutant avec le garçon. Maintenant je n'avais plus envie de traîner dans la région et je me préparais à trouver un prétexte qui abrégerait notre séjour. Malheureusement ma femme était enchantée de notre petit déplacement et, après s'être enquise de mon état de santé, elle m'annonça que nous dînerions ce soir au restaurant du casino qui, paraît-il, d'après le garçon, était le meilleur de la ville. Et, en plus, pratiquait des prix défiant toute concurrence.

La voiture de Dujardin n'était plus là.

On était toujours vendredi et ma femme était en retete jusqu'au mardi suivant. Elle ne s'inquiétait plus de mon arrêt maladie, le trou de la Sécu c'était comme celui de la couche d'ozone, plus on avançait vers la mer moins elle en parlait. Ma femme était une vacancière-née mais elle refusait l'évidence, elle ne voulait pas regarder en face son bon côté et s'acharnait à retourner chez Renault depuis maintenant douze ans. Elle ne pouvait pas avoir d'enfants et ça la rendait parfois un peu dingote avec ceux des autres mais rien de bien méchant, ça n'irait pas jusqu'à l'enlèvement. Je la surveillais quand même à ce niveau-là, je ne la laissais pas traîner trop longtemps devant le rayon des couches-culottes parce qu'elle aurait fini par me persuader d'en mettre une avant de me coucher. L'adoption, il ne fallait pas y penser avec mes années de placard et le fait que j'étais fiché au grand banditisme... nous avions attaqué toutes sortes de boutiques, des banques, des postes, des PMU... sans compter quelques règlements de comptes entre voyous... j'entendais encore les bastos siffler tout près de mes oreilles, de gros bourdons à réaction en acier. C'est méchant une balle de neuf millimètres. Un ami à moi en avait pris une dans la cuisse pendant qu'on courait. Sur le coup, j'ai cru qu'il s'envolait. La valda l'avait propulsé en l'air, il était retombé sur le capot d'une voiture. Son image était encore présente dans ma mémoire. Moi je courais en zigzag, d'instinct, je n'avais pas été touché.

Non l'adoption, il ne fallait pas y penser et pourtant, depuis ma sortie de prison, je n'avais rien fait de répréhensible. Je bossais et je m'essayais à l'écriture, lentement il est vrai, mais j'étais persuadé que j'arriverais à écrire un polar un jour. Manchette me l'avait dit : « Il faut tout reprendre mais on sent quelque chose d'original, au fond. Là vous vous essoufflez parce que vous avez choisi une histoire qui serait plutôt une nouvelle et que vous avez voulu en faire un roman. Pensez d'abord à toute votre histoire, jusqu'à la fin, méditez-la bien. Il faut prendre exemple sur les vaches, vous savez, il faut beaucoup mâcher pour donner du bon lait. » Il avait été très sympa avec moi Manchette, et maintenant qu'il était mort je suivais ses conseils à la lettre, mon histoire était prête mais je ramais à mort pour bâtir des phrases correctes.

« C'était l'hiver et il faisait nuit. Arrivant directement de l'Arctique, un vent glacé s'engouffrait dans la mer d'Irlande, balayait Liverpool, filait à travers la plaine du Cheshire (où les chats couchaient frileusement les oreilles en l'entendant ronfler dans la cheminée) et, par-delà la glace baissée, venait frapper les yeux de l'homme assis dans le petit fourgon Bedford. L'homme ne cillait pas. » J.-P. Manchette, *La Position du tireur couché*.

Avec Manchette, les hommes ne cillaient jamais, les hommes hochaient la tête et c'était tout. D'ailleurs je lui avais demandé pourquoi les hommes, et parfois les femmes, « hochaient » autant dans tous ses romans.

« Parce qu'ils sont tous plus ou moins secoués », m'avait-il répondu sans ciller.

J'en étais sûr qu'on se ferait un peu chier aux environs de dix-sept heures au bord de la mer. L'eau n'était pas assez chaude pour se baigner, alors on a été voir ma voiture. Elle était où je l'avais laissée. Ma femme s'était débrouillée avec son assureur et la voiture était couverte, on pourrait revenir avec.

Je me demandais bien où était passé Dujardin et s'il avait repéré le manoir.

On est revenus à l'hôtel et, malgré que ce ne soit pas prévu, on a encore baisé. Ça devait être l'air marin. Ma femme avait les pommettes toutes roses et s'il n'y avait pas eu cette chauve-souris aux ailes maintenant brisées qui boitait en musique dans ma tête, je suppose que notre petite virée improvisée aurait ressemblé au bonheur.

Vers les huit heures huit heures et demie, on est descendus pour manger. Un taxi nous a déposés au casino qui se trouvait de l'autre côté du port. Beau bâtiment ancien assez rococo. Escalier majestueux, puis des types en costume qui attendent les clients de l'autre côté de l'immense porte à tambour. À gauche, l'entrée au royaume des machines à sous, à droite, le restaurant.

On était un peu paumés, ma femme et moi, parce que ce n'était pas du tout le genre d'endroit qu'on fréquentait habituellement. Mais les employés se sont montrés sympas, ils ont pas fait de différence entre des gens du commun tels que nous et les autres visiblement beaucoup plus fortunés.

On a examiné le menu affiché devant la grande salle. Les prix étaient très raisonnables malgré le standing du lieu, les moules moins chères que sur le port, même.

Un garçon nous a installés à une bonne table. Il n'y avait pas grand monde, le service était impeccable, le personnel avait fait une école de restauration c'était évident. De temps à autre, je louchais vers l'entrée, j'avais peur de voir apparaître Dujardin, sa Winchester à la main, les poches pleines de cartouches et son pansement inquiétant sur l'œil gauche.

On a bu un peu de vin blanc, surtout ma femme, et à la fin du repas elle s'est retrouvée un tantinet pompette, les pommettes encore plus rouges. Ça lui allait bien, pas besoin de maquillage. On a commandé un dessert, et elle un petit verre d'alcool pour finir. Le serveur nous a raccompagnés en bavardant jusqu'au hall d'entrée et c'est là que j'ai vu Dolto.

Il était accompagné d'une femme qui devait avoir dans les soixante ans ou plus. Une ancienne star, quelque chose comme une procession religieuse à elle toute seule, une femme encore magnifique qui en imposait un maximum, peut-être un ex-mannequin ou une ex-reine de beauté, enfin elle n'avait rien d'une femme ordinaire malgré son âge qui me paraissait quand même avancé. « L'âge de madame est avancé. » C'est dans une pièce de théâtre, je crois, cette réplique du majordome. Et puis question talons aiguilles, franchement il n'y avait rien à dire, ils avaient été inventés pour elle.

Je comprenais mieux ce que Dujardin avait voulu dire. C'est sûr que ce style de femme, même âgée, ça doit être un régal permanent, le cul doit rester soyeux malgré les rides. On a beau dire mais on ne fera jamais gagner le prix de Diane à une Charolaise, et là en l'occurrence, les autres femmes, même beaucoup plus jeunes, étaient battues avec vingt longueurs d'avance sur le terrain génétique. Une pute divine et internationale ? Une ancienne princesse sibérienne devenue michetonneuse de luxe ? Si ça se trouve, elle avait marché dans la combine avec son julot et elle se l'était tapée aussi la Nicole, et en cherchant encore plus profondément, allez savoir si ce n'était pas elle qui l'avait révélée à l'homosexualité afin d'affaiblir son mec en tapant directement dans les couilles. Dolto, vêtu d'un supercostard gris, était aux petits soins. Elle et lui se dirigeaient du côté des machines à sous. Dolto ne m'avait pas vu. Quant à ma femme, heureusement, elle ne le connaissait pas.

J'ai fait traîner la conversation avec le serveur afin de leur laisser le temps, aux Dolto, de s'enfoncer dans l'espace des machines. Ils ont disparu.

« On y va, ma chérie ? J'aimerais bien regarder tout ça d'un peu plus près.

– Tu veux jouer ?

– Non, regarder seulement.

– Moi je jouerais bien, qu'est-ce que tu en dis ?

– Ne te prive pas ma chérie, si ça te fait plaisir...

– Mais toi, tu as envie de jouer ?

– Moi ? Pas vraiment mais je te regarderai, je trouve l'endroit intéressant.

– Tu es sûr ? Tu ne trouves pas ça complètement nul ?

– Pourquoi je trouverais ça nul ?

– Je ne sais pas moi, y a beaucoup de trucs que

tu trouves nuls c'est pour ça que je te pose la question, que ça ne fasse pas d'histoires entre nous.

– Mais ma chérie, c'est moi qui t'ai proposé d'entrer dans la salle des machines !

– On dit comme ça ?

– On dit quoi ?

– La salle des machines.

– Euh, je ne sais pas, peut-être... ça se dit pour dans un bateau, pas forcément pour un casino. Faut voir. Allez viens... »

On s'est avancés lentement parce que je ne tenais pas à tomber sur Dolto. J'ai pu apercevoir qu'il changeait de l'argent et qu'il emportait deux grands récipients en carton, genre récipient en carton de chez McDo, des grands, plus grands que les XL pour le Coca, carrément des XXXL, pleins à ras bord de pièces de monnaie.

Pour commencer, étant donné que c'était la première fois qu'on venait jouer, on a observé comment ça marchait. On a rapidement compris que plus on s'enfonçait dans la salle, plus les machines ressemblaient à des Buick et plus les fauteuils étaient luxueux ; les machines les plus belles n'acceptaient que les pièces de deux euros.

Beaucoup de vieilles femmes s'acharnaient passionnément sur les bécanes, des vieilles riches dont la chair molle pendait sous les bras, le cou plein de fanons hideux. Les vieux riches sont plus laids que les vieux pauvres parce qu'ils n'inspirent aucune pitié.

Dolto et sa femme avaient pris place, chacun sur une grosse machine. Ils balançaient une pièce par seconde, surtout elle. À ce rythme, les récipients seraient vides en cinq minutes.

Nous on s'est installés sur une machine à vingt centimes et ma femme s'est mise à jouer pendant que je calculais : Dolto avait pris des récipients à deux cents euros. Quatre cents euros pour les deux.

Au bout de cinq minutes, comme je le pensais, il est parti se réapprovisionner tandis que sa femme gardait jalousement les machines. En une heure que nous sommes restés, ma femme à jouer de plus en plus sérieusement et moi à observer les Dolto du coin de l'œil, ils ont claqué plus de trois mille euros. Deux bâtons anciens. C'est là que passait le fric.

Ils étaient tous les deux accros au jeu et je suppose que les machines à sous n'étaient qu'un pis-aller, si ça se trouve, ils jouaient aussi au black-jack, à la roulette et au vingt-et-un.

J'en savais assez, on pouvait partir. J'avais pigé où elles étaient passées les tuiles, il vendait tout, le Dolto, si ça se trouve à l'intérieur du manoir il ne restait plus qu'une paillasse sur le sol en guise de lit, un établi en guise de table et un étau pour se serrer la ceinture. J'ai eu du mal à arracher ma femme aux griffes de la machine, elle voulait en essayer une autre, plus chère, plus belle, plus bandante.

Une fois le tambour franchi, on a été enveloppés par des tourbillons de vent. On n'était pas assez couverts, on frissonnait. On est donc retournés à l'intérieur du casino pour appeler un taxi. Tandis qu'on l'attendait, je gardais l'œil sur la salle de jeu. Mais je n'avais pas d'inquiétude à me faire, Dolto et sa femme étaient installés pour la nuit, ils étaient ici chez eux et ils avaient de quoi assouvir leur vice. Voilà où étaient passées les cent vingt patates de Dujardin.

Dujardin qui pouvait très bien débouler d'une minute à l'autre avec sa Winchester et ses cent quarante-neuf cartouches. J'imaginais les dégâts que ça pourrait occasionner, les vieilles bourgeoises faisant sur elles, la tête éclatée sur le chrome des machines...

Fallait pas traîner par ici malgré ma femme qui insistait pour retourner jouer en attendant le taxi.

*

Le samedi on s'est levés de bonne heure. Il faisait déjà beau bien qu'encore un peu frais. On est descendus dans la salle du petit-déjeuner.

On s'est attablés et j'ai plongé dans le journal tout en trempant mes tartines. Sale histoire dans les faits divers : en pleine campagne, en vérifiant le niveau d'eau de son puits, un paysan avait découvert le cadavre flottant d'un bébé. Il venait de naître, il avait encore son cordon ombilical.

D'après l'autopsie, le bébé était né viable, on l'avait étranglé volontairement à l'aide du cordon. Le parquet avait ouvert une information judiciaire pour infanticide. Il fallait qu'elle se trouve dans une immense détresse pour que la mère en soit arrivée là, en supposant que ce soit la mère, ce qui n'était pas du tout démontré pour l'instant.

« Dis donc, ça a l'air intéressant ce que tu lis, c'est un fait divers ? m'a demandé ma femme.

– Aucun intérêt… un grand-père accusé de viol sur sa petite-fille, les trucs habituels quoi… tu veux la page des mots croisés ?

– Non, je n'ai pas de stylo.

– Je peux aller en demander un à la réception, si tu veux.

– Non merci, ça ne me dit rien. Qu'est-ce qu'on va faire ?

– Je ne sais pas. On pourrait… ne rien faire !

– Tu n'as pas une idée ? D'habitude tu as toujours de bonnes idées.

– Oui, mais là je suis à court. Tu as envie de te promener ?

– À pied ?

– Tu préfères en voiture ?

– Non… On a bien fait de partir pour le week-end, tu ne trouves pas ?

– Oui, oui, on a bien mangé, c'était très bien le restaurant hier soir.

– Et le casino aussi, les machines à sous, on y retournera un jour, tu es d'accord ?

– Bien sûr, ma chérie, mais attention quand même que ça ne devienne pas un vice.

– Oui mais au moins c'est un vice qui ne fait pas de mal aux autres.

– C'est vrai mais ça peut faire mal au porte-monnaie.

– Oh dès l'instant qu'on reste raisonnable ça ne peut pas aller bien loin.

– C'est vrai. »

On a blablaté encore un moment sur cette histoire de vice et puis il a bien fallu quitter la salle du petit-déjeuner. J'ai reposé le journal soigneusement replié afin qu'elle ne risque pas de tomber sur l'article qui était du genre à la perturber pour plusieurs jours et à lui faire faire des cauchemars.

J'imaginais le petit corps du bébé sur la table d'autopsie avec les légistes autour. Et les gendarmes, comment est-ce qu'ils mèneraient leur enquête ? Je les imaginais en train de frapper aux portes, d'entrer chez les gens et de poser des questions :

« Bonjour, c'est pour l'affaire du bébé trouvé mort dans le puits... »

Est-ce qu'ils aboutiraient ? Est-ce qu'ils identifieraient la mère ? Est-ce qu'ils trouveraient le père ? Cette histoire m'intriguait au plus haut point et me laissait vraiment pensif.

Moi quand j'étais délinquant, je ne lisais pas

les journaux, sauf si l'une de nos affaires faisait parler d'elle, sinon ça ne m'intéressait pas les affaires des autres. On change. Maintenant j'attaquais toujours le journal par la page des faits divers...

C'est en marchant que l'idée m'est venue : aller voir sur place ce fameux puits. Peut-être était-ce une façon de m'arracher à mon obsession de Dolto, une façon aussi de ne pas traîner en ville avec le risque de croiser Dujardin et sa Winchester, enfin je ne sais pas exactement pourquoi mais l'idée m'a semblé tout à fait naturelle alors qu'en y réfléchissant il y avait certainement quelque chose de psychologiquement bancal dans la démarche. Quand on y regarde bien, avec le recul, on peut voir que je n'étais plus le même à ce moment-là, peu de temps auparavant j'aurais été tout simplement le trouver, Dolto, et d'une façon ou d'une autre il aurait bien fallu que la situation explose, parce que avant, moi, les situations je les faisais péter dans l'immédiat, il était pas question de s'embourber dans la misère par des atermoiements illimités. Aujourd'hui je biaisais, je me baladais entre la diagonale et le travers sur un terrain glissant alors que j'étais mal dans mes pompes, et ça c'est vrai qu'en général ça pardonne pas.

« Tiens, il me vient une idée. On va prendre la voiture et on va aller dans un petit hameau qui s'appelle Pigagnole, j'ai entendu dire que c'était très joli, très sauvage, très préservé. Ça te dit une virée à l'intérieur des terres ?

– C'est loin ?

– Non, à dix bornes, on sera de retour pour midi.

– Alors d'accord. Mais on va quand même faire des courses avant, on va prendre une bouteille d'eau et des oranges. »

Heureusement qu'elle était là. Avec elle la vie avait un côté complètement lumineux, tout devenait simple car elle, sur un plan personnel, elle n'avait jamais de problèmes, je veux dire de problèmes comme les miens. Il lui arrivait de se faire du souci mais pour des choses qui n'avaient aucun caractère de gravité au sens où on l'entend habituellement. C'était surtout pour moi qu'elle s'inquiétait, pour moi qu'elle se faisait du souci. Pour l'heure, elle était joyeuse parce qu'on partait faire un tour dans la campagne, en balade. Je ne lui dirais rien de l'histoire du puits, elle le trouverait certainement très poétique, on éplucherait des oranges en contemplant l'eau, en tirant la chaîne peut-être... Les oranges, la chaîne, le puits, les signes étaient là, propres, décantés par la vie, brillants comme un sabre neuf.

*

C'est elle qui a pris le volant tandis que je lui indiquais la route à partir de la carte.

J'avais eu une bonne idée, je me sentais déjà mieux.

Tandis qu'on roulait, je me disais qu'il y avait quand même des choses plus importantes que tous les abrutis qui avaient pénétré dans ma vie par le biais de la commission de semi-liberté. L'autre, là, le Coton-Tige et son plan foireux sur la grande ceinture… comment il avait fini ! À la ramasse le comique, en cavale pour incompétence aggravée, Makalou et moi obligés de démonter les quatre rangées de colliers-poires, d'ôter toutes les tiges filetées… On en avait eu jusqu'au mercredi soir… Je voyais encore la tronche de Coton-Tige quand, le jeudi matin, il s'était pointé au rendez-vous de chantier un peu plus tôt que les autres, aux environs de neuf heures. Le rendez-vous de chantier ça sert normalement à mettre tout le monde d'accord sur l'avancée des travaux. Tous les responsables sont là. Le « pilote » mène la danse. Les mecs font le tour complet du chantier, le pilote contrôle que le boulot est bien fait, en ordre, dans les règles et dans les temps, il est l'envoyé spécial du client, en l'occurrence la SNCF.

Le pilote était un jeune type bronzé aux UVA, avec des chemises d'une blancheur toujours éblouissante, une cible rêvée pour un tireur embusqué sur une grue. Naïche, c'était son nom. Je l'imaginais dans la ligne de mire d'un fusil à lunette, dans le réticule de visée du tireur d'élite. J'imaginais le coup silencieux, venu de très haut, une tache rouge s'élargissant sur sa chemise blanche, l'étonnement de son visage. Je sais pas pourquoi des images pareilles s'imposaient dans mon esprit. Surtout que je l'aimais bien Naïche.

Moi je le tutoyais. Les autres étaient verts parce que, eux, ils lui léchaient les couilles à ce mec-là. Ça y allait le cirage pour les pénalités de retard et tout ce qui s'ensuit. Naïche quand il me voyait, son visage s'éclairait d'un grand sourire soudain. Il savait que je faisais mon boulot correctement et je crois qu'il appréciait le fait que je ne me montre pas obséquieux comme les autres. Avec le tireur embusqué il aurait été fauché comme ça, son sourire encore un instant figé. Puis l'étonnement. Y aurait eu qu'Alain Delon pour faire passer ça en finesse. Alain Delon et Patrick Dewaere.

Bon enfin ce naze de Coton-Tige se ramène et de suite il cherche une plaque de polystyrène pour éviter de se salir dans le vide sanitaire. Il la pose sur la terre battue et il avance en rampant dessus, comme un type au bord de l'eau sur un matelas pneumatique. Il avance, il avance, il rampe avec moi qui fais de même à son côté et il se met à tirer une gueule longue comme un jour sans femme quand il constate que rien de ce qu'il avait commandé n'a été exécuté. Il commence par bafouiller, ensuite il se met à gueuler : « Mais qu'est-ce que vous avez foutu pendant une semaine ?!? Mais… mais… y a pas un seul collier de posé ! Pas un ! »

Il était totalement désorienté, d'autant que je ne lui avais encore rien dit, je l'avais laissé s'enfoncer dans le vide sanitaire jusqu'au moment où il s'était arrêté.

« Attendez ! Y a un problème, là ! Qu'est-ce que… ?

– Ton plan, Louize, ton plan de merde, je lui ai dit alors avec la voix basse du mec qui a les boules à mort, ton plan de merde il était faux, du début à la fin, on a été obligés de tout démonter, y a pas de tout-à-l'égout en face, le tout-à-l'égout est de l'autre côté, à gauche de la gare, Makalou et moi on a été obligés de démonter tout ce qu'on avait fait selon ta daube de plan merdique, ça y est, tu enregistres ? »

On était toujours à plat ventre côte à côte dans le vide sanitaire, bien au fond des sous-sols, éclairés seulement par la baladeuse. Louize était aussi blanc que la plaque sur laquelle il était allongé. Sa carcasse faisait un craquement étrange sur le polystyrène. Il tremblait, ça devait être nerveux.

« Pourquoi est-ce que vous ne m'avez pas appelé ?

– C'est toi qui m'as dit de ne pas appeler, tu t'en souviens pas ? Moi je "tiens les horaires", OK ?

– Non mais… je disais ça pour les colliers, pas pour un problème grave !

– C'est toi le problème grave, Louize. Qu'est-ce que tu vas dire au pilote ? Que tu vas refaire tous les plans ? Réétudier tout le collecteur ? T'es dans la merde Louizette, dans une sacrée merde. »

Maintenant il reculait, il essayait de retourner sa plaque de polystyrène vers la sortie, il étouffait, il paniquait, il se cognait la tête sur la dalle en béton armé, il avait peur de moi, il ne savait plus comment faire face.

« C'est pas possible, qu'il disait, c'est pas possible, y a un regard en face, j'en suis sûr. Ah putain ! (Il venait de se cogner méchamment le crâne.)

– Pas la peine de t'énerver Louizette, et fais gaffe parce qu'il y a du fer à béton qui dépasse, j'ai failli m'ouvrir le crâne dessus. Pour le regard c'est certain, j'ai vu avec la voirie, y a pas de regard, y en a jamais eu et y en aura jamais.

– On va voir ça, je suis pas fou quand même ! »

On est sortis du vide sanitaire.

Makalou nous attendait.

« Toi, reste pas là à rien faire, range les colliers dans le local pendant qu'on fait le tour du chantier ! »

Il fallait bien qu'il parle mal à quelqu'un pour se défouler. À moi il ne pouvait plus. Et il ne savait pas tout ! Je lui réservais encore quelques petites surprises.

Je l'ai suivi. Bien sûr, il est remonté devant la

gare et il a cherché un regard qui n'existait pas, ou qui en tout cas avait bel et bien disparu. Ensuite je l'ai emmené voir où se trouvait le regard, j'ai pris une barre à mine et j'ai soulevé la plaque de fonte afin qu'il l'ait sous le nez.

« T'as vu, Louizette ? Il est là le regard, et je sais pas si t'as remarqué (j'ai sorti mon cinq mètres et j'ai mesuré la profondeur devant lui), mais ça serait plutôt un regard de pluviales vu la hauteur des piquages, qu'est-ce que t'en penses ?

– Merde ! Oh putain, on n'est pas dans la merde !

– Moi ça va, Louize, c'est toi surtout.

– Dolto est au courant ?

– Pas que je sache.

– Oh putain ! Et le rendez-vous de chantier qui arrive !... Oh putain, ça va gueuler !

– Y a autre chose, Louize, quelque chose de plus grave encore...

– De quoi ? Quoi ? Qu'est-ce qu'il y a ? »

Ça y était, il me faisait pitié. Pauvre type. Je ne ressentais plus de colère, plus rien.

« Il y a un ovoïde d'égout entre les deux sous-sols, on peut pas passer.

– Quoi ?

– Un ovoïde.

– Un quoi ?

– Toi, un commis, tu sais pas ce que c'est qu'un ovoïde ? »

Il ne savait pas. J'étais dégoûté.

« Bon, je prends le chantier en main. Tu diras au pilote que c'est moi qui prends les rendez-vous de chantier. Pour le collecteur j'ai refait un plan, je vais tout redistribuer, j'espère seulement que j'aurai assez de pente une fois arrivé au regard.

– Tu l'as le plan ?

– Quel plan ?

– Le nouveau, le tien.

– Il est dans ma tête Louize, je te ferai un dessin quand le collecteur sera terminé. On fait comme ça, OK ?

– Comment je vais faire avec Dolto ? Qu'est-ce que je vais lui dire ?

– Tu lui dis rien. T'auras qu'à aller voir une pute tous les jeudis matin, ça peut pas te faire de mal. Je te tiendrai au courant. Par contre, pour l'ovoïde, il me faut un compresseur et un marteau-piqueur dès demain matin. Et aussi t'arrêtes de me livrer des outils chinois et tu remballes tes colliers-poires. OK ? »

Il se tenait à carreau maintenant, tout gentil, un mec vachement sympa en fait ce Louize quand on savait le prendre.

« OK, Dan, pas de problème, oh putain, mais c'est pas possible cette histoire de regard, j'étais certain qu'il était là, je l'ai vu, y avait une fonte, je suis pas fou quand même ! »

Il a fait comme on avait dit et c'est moi qui ai assuré tous les rendez-vous de chantier jusqu'à la fin. C'est pas que ça m'enchantait des masses mais au moins j'avais plus cette merde de Coton-Tige dans les pattes. Au final, il est venu me mendier un tracé au crayon du collecteur et je l'ai achevé en le lui vendant vingt euros devant Makalou avec qui je les ai partagés.

*

« Ça, pour être sauvage, c'est sauvage. »

C'est ce qu'a dit ma femme quand on est arrivés à Pigagnole : deux fermes à l'abandon, une petite décharge pleine de vieux frigos et de matelas éventrés et c'était tout.

« Ça doit être à cause de la décharge.

– Franchement ça n'est pas vraiment touristique.

– On peut pas nier qu'elle soit sauvage, la décharge, je veux dire.

– Très malin. »

Elle m'a tiré la langue.

J'ai trouvé le petit chemin qui menait au puits. Il était fermé à la circulation.

Quatre cents mètres plus loin, j'ai localisé le puits à l'intérieur d'une petite construction en pierre de taille. C'était un endroit terrible quand on savait ce qui s'était passé. Il y faisait frais.

J'ai essayé de déchiffrer une date à moitié effacée, gravée sur une pierre, on distinguait encore le un et le sept, et peut-être un six et un deux mais je n'en étais pas certain. J'ai remarqué aussi, sur la margelle, une pierre plate où subsistait une trace circulaire, probablement l'endroit où les gens posaient leur seau autrefois.

Nous sommes restés un instant sans rien dire.

Je me suis assis sur la margelle et je ne sais toujours pas pourquoi, mais sait-on jamais pourquoi nous disons ou faisons certaines choses, en tout cas c'est sorti comme une confession, j'étais sincère, vraiment, comme habité, je venais de trouver quelque chose qui me semblait très important, quelque chose qui allait changer quelque chose…

« Tu sais, je crois que je vais laisser tomber cette histoire de tueur en série, la commission de semi-liberté, tout ce passé.

– Tu veux une orange ?

– Non merci, pas maintenant. Je vais axer mon polar sur quelque chose de réaliste, une histoire vraie. Ça commencera dans un endroit comme ici. Dans un puits. Un paysan y découvrira le corps d'un bébé de deux jours qui flotte sur l'eau, étranglé avec le cordon ombilical. »

Ma femme a bondi, comme piquée par une vipère.

« Ah mais t'es cinglé ou quoi ?! »

Elle est partie d'un seul mouvement. Je l'ai rejointe, elle courait sur le chemin, complètement bouleversée. J'avais fait une connerie.

« Excuse-moi, je t'en prie, écoute-moi, je vais

t'expliquer, je m'excuse, je suis un vrai blaireau, je vais t'expliquer, je voulais pas que tu sois au courant, c'était pour pas te gâcher ton weekend...

– Il est foutu mon week-end avec tes histoires dégueulasses, j'en ai marre maintenant !

– C'était dans le journal, c'est ça l'article que je lisais ce matin... »

Et je lui ai raconté le fait divers.

« Et tu n'as rien trouvé de mieux que de me traîner ici alors que tu sais que je ne peux pas avoir d'enfants ?! Non mais t'es complètement givré tu sais, faut te faire soigner, ça devient urgent ! »

On est remontés dans la voiture sans plus dire un mot. Elle conduisait assez sérieusement, très concentrée.

On était encore sur la petite route de Pigagnole quand on est tombés sur les gendarmes. Ils nous ont fait signe comme quoi on devait se garer sur le bas-côté et ils nous ont demandé les papiers du véhicule. Il y avait le problème avec l'assurance mais ma femme les a rassurés. Ce qui ne les a pas empêchés de nous flanquer une amende pour non-présentation de justificatif.

« Vous venez de Pigagnole ?

– Oui, on a été voir le puits, à cause du fait divers. »

Ils se sont regardés.

« N'allez pas vous imaginer des choses, je suis écrivain, j'écris des polars, je suis comment dire (j'allais dire *friand* mais cela m'a paru déplacé dans le contexte) très intéressé par les faits divers, un peu comme un journaliste. C'est moi qui ai entraîné ma femme jusqu'ici.

– Vous êtes à quel hôtel ? »

On leur a donné nos coordonnées. Ils ont continué à nous mitrailler de questions quand même assez personnelles, si bien que ma femme s'est énervée et qu'elle leur a carrément balancé qu'elle ne pouvait pas avoir d'enfants. Du coup, quand ils ont compris qu'elle allait se mettre à pleurer, ils nous ont laissés passer.

Mais s'ils allaient se faire des idées... ? S'ils étaient déjà en train d'échafauder des hypothèses sur ce couple étrange et trop nerveux qui revenait des lieux du crime... ?

« T'aurais pas dû leur dire tout ça. Moins on leur en dit, aux gendarmes, mieux ça vaut, maintenant ils risquent de nous soupçonner d'infanticide.

– Ils m'ont énervée avec leurs questions, c'est de ta faute aussi, on avait qu'à pas venir se foutre dans la gueule du loup !

- Ouais mais avec eux ça peut se retourner contre nous.

– C'est bizarre, Dan, mais j'ai jamais passé un week-end avec toi sans que d'une façon ou d'une autre on ait affaire avec les gendarmes. Tu y as déjà pensé à ce truc-là ?

– J'y suis pour rien, j'avais envie de voir ce putain de puits, merde, c'est pas la mer à boire avec une fourchette à la fin ! Ce sont des histoires qui m'intéressent, tu ne vas pas me dire que c'est pas complètement dément cette histoire de bébé dans le puits, c'est quand même dément non ? Tu trouves pas ? T'es pas d'accord avec moi ?

– Non, je suis pas d'accord avec toi. Y a des gens, par exemple, ils vont visiter la cathédrale de Bayeux, ils trouvent ça plus intéressant.

– La cathédrale de Bayeux ?

– Oui, parfaitement, la cathédrale de Bayeux, et comme ça ils se font pas emmerder par les gendarmes avec tout un tas de questions sur leur vie privée ! »

Bon, on n'était pas du tout sur la même longueur d'onde, c'était évident.

« Qu'est-ce qu'on fait maintenant ? On rentre à Paris ?

– Je ne sais pas, c'est peut-être ce qu'on a de mieux à faire. On arrête les conneries, d'accord ? T'es d'accord ? »

Elle hésitait à répondre, elle regardait droit devant elle.

« Regarde-moi, allez, regarde-moi ! »

Elle a tourné la tête, on s'est regardés un instant dans les yeux.

« T'es d'accord ? On arrête les conneries ? On reprend notre petite vie normale ? »

Elle était d'accord.

Je me suis détendu.

On n'était plus très loin d'arriver quand les sirènes nous ont vrillé les tympans. Les gendarmes. Plusieurs voitures et un fourgon, et aussi des civils et deux motards qui nous ont obligés sévèrement à nous rabattre pour les laisser passer.

Ils fonçaient vers les hauteurs de la ville.

Vers « La mare au diable ».

Dujardin avait fait une connerie. Je l'ai su tout de suite. Il ne pouvait pas en être autrement. Il fallait que je m'en assure mais je me voyais mal demander à ma femme de suivre les gendarmes. Ne sachant pas comment m'y prendre, j'ai laissé filer et ça non plus ça ne me ressemblait pas... On laisse filer, y a un coup de mou et quand le câble se retend c'est là que ça casse, parce que c'est mauvais les coups de mou, y a rien de pire en ce qui concerne les rapports entre l'homme et la femme, c'est une chose qu'il faut savoir : entre l'homme et la femme les rapports doivent être constamment tendus pour que ça dure. Je dis pas tendus *à mort*, mais tendus, toujours.

On s'est approchés du parking de l'hôtel.

« Avant de partir j'irais bien faire des photos de là-bas, de la maison de George Sand.

– Tu veux retourner là-haut ?

– Ça te dérange ? Tu veux qu'on parte de suite ?

– Il est pas loin de midi, quand même.

– Avec la voiture on en a pour cinq minutes, après on aura tout l'après-midi devant nous, on mettra nos bagages dans le coffre et avant de partir on ira sur le bord de mer. Je ferai des photos de toi sur la plage. »

Elle a mis le clignotant et on a bifurqué vers la route des falaises. Dix minutes plus tard on a trouvé à stationner de sorte qu'on avait une vue plongeante sur le manoir.

La voiture de Dujardin avait complètement enfoncé le côté droit de la Mercedes de Dolto, elles étaient toutes les deux de traviole contre les marches du perron. Tout autour, entre les véhicules et les mouvements des gendarmes, du Samu et des pompiers, il régnait une pagaille monstre. Ma femme n'en croyait pas ses yeux.

« Mais... qu'est-ce qui s'est passé ? C'est dingue ça ! »

Et puis elle m'a regardé. Dans ses yeux se lisait le doute, le soupçon de plus en plus affirmé de quelque chose de pas catholique.

« Me dis pas que c'est chez Dolto, Dan, hein, c'est pas chez Dolto on est bien d'accord ?

– Oui, enfin, non, je veux dire, oui, si c'est là qu'il habite avec sa femme, mais c'était peut-être quand même la maison de George Sand, dans le temps c'était peut-être là… Oh putain, regarde, c'est Dujardin ! Il a dû faire un carton ! »

Ma femme s'en foutait de Dujardin, elle était folle de rage d'avoir gobé tout le baratin sur George Sand, elle était écarlate, comme si on l'avait déshabillée de force devant l'Assemblée nationale.

« Alors, tu… Je veux dire, tu m'as… J'ai l'air de quoi moi maintenant ?! J'ai l'air de quoi ??!! Tu peux me dire, Dan ?!

– C'est rien, ma chérie, le prends pas comme ça voyons, t'es en train de te noyer dans un verre d'eau, regarde ! C'est Dujardin ! C'est lui ! Je te parie qu'il a tiré sur Dolto à l'intérieur de la maison ! Putain, ça sent le gaz ! Ça pue la mort ! Regarde, il sort ! »

Dujardin menotté sortait de la maison entre trois gendarmes en civil. Il était débraillé, les cheveux hirsutes, la moustache enflée, mais calme, abattu, soulagé aussi on aurait dit.

Des flics cavalaient dans tous les sens, transportant dcs sacs en plastique.

Ils ont fait monter Dujardin dans une voiture en lui pliant la tête parce qu'il était plutôt grand Dujardin. Maintenant il ressemblait à un grand lévrier efflanqué qu'on emmenait se faire piquer. Il faisait carrément pitié avec son pansement sale qui lui pendait sur la joue.

D'autres voitures arrivaient, des civils encore, certainement le parquet, le procureur, des gens comme ça. Ça allait faire du bruit dans la région cette affaire, pire que celle du bébé étranglé avec le cordon ombilical.

Pour le reste on ne pouvait rien voir, les rideaux de la maison étaient toujours tirés à quatre épingles mais c'est sûr que ça sentait le gaz à mort dans le coin.

Ma femme n'en revenait pas. Elle était tombée dans un abîme de perplexité. Oui, je lui avais menti et je l'avais manipulée... C'est ce qu'elle devait penser. Alors elle m'a planté là et elle s'est tirée sans rien dire. Elle était presque parvenue à la voiture quand je l'ai rattrapée.

« Fais pas cette tête-là, si je te l'avais dit on serait jamais venus, avec toi il y a des choses qu'on ne peut pas dire, tu te bloques, il y a des sujets que j'évite, des sujets que je me force à éviter, même quand t'es habillée.

– C'est ça, ça va être de ma faute maintenant. Moi je rentre à Paris.

– Il est peut-être pas mort Dolto, peut-être qu'il a réussi à s'enfuir. C'est un malin.

– J'en ai rien à foutre de ton Dolto ! On se quitte, Dan. On rentre à Paris et on se sépare, je crois que c'est mieux comme ça. T'es malade, Dan, faut te faire soigner, crois-moi.

– Comme tu veux, OK, on rentre, je fais ma valise, t'as raison, je suis qu'un pauvre mec, je te mérite pas. C'est toi qui as raison, j'aurais pas dû te mentir. Mais dis-toi que j'y voyais pas de mal, pour moi c'était pas un manque de respect, ça c'est sûr. Je voulais en savoir plus, c'est tout, surtout que j'avais repéré Dujardin en ville quand on faisait les cartes postales, je voulais pas te gâcher ton week-end.

« De mieux en mieux, vas-y, enfonce-toi, bientôt tu vas me dire que nous aussi on transporte des armes dans le coffre de la voiture ! »

Elle était tendue comme un ressort de chien, elle conduisait mal, j'ai été obligé d'insister pour qu'elle mette sa ceinture. C'était mauvais signe le coup de la ceinture. Quelque chose de grave s'était déréglé en elle pour qu'elle oublie de la mettre. Elle répétait entre ses dents : « On arrête les conneries, hein, on reprend notre petite vie normale... T'es un vrai cinglé Dan... C'est ça hein, c'est la prison, trente ans après t'es pas guéri, faut toujours qu'il y ait des histoires, toujours des conneries, toujours des trucs qui tournent pas rond... Faut te faire soigner mon gars, Patouillard a raison, tu médites une maladie mentale... Notre petite vie normale !

– J'ai fait que répondre à une petite annonce de plomberie et ensuite toute la merde m'est tombée sur la tronche. Qu'est-ce que tu veux que j'y fasse ? Y a pas mort d'homme quand même à la fin !

– Rien, y a plus rien à faire. Je te parle pas,

Dan. Je parle plus avec toi, t'es complètement dingue, tu prends les gens pour des cons, c'est normal tout ce qui t'arrive. Mais moi, terminé, je joue plus... Notre petite vie normale ! Tu vas voir notre petite vie normale... »

C'était pas la peine d'insister. Elle s'enfermait de plus en plus dans son système de raisonnement, elle répétait les mêmes choses.

Je regardais le paysage qui défilait, on aurait dit qu'au loin, par-delà les monts et les vaches, la Sainte Vierge effilochait d'immenses lambeaux de coton qui filaient à toute vitesse le long de la carrosserie. Je pensais à Dolto et à sa femme qui étaient peut-être en train d'agoniser. C'était une loi incontournable de la vie, la seule, l'unique loi que je connaissais, dont j'étais certain : tôt ou tard tout se transforme en merde.

Pour Dolto, je trouvais que ça faisait un peu tôt quand même, pas plus de quarante balais le mec, bien encore, malgré son petit bide et ses grosses lunettes. Mais il avait joué avec le feu, sans se douter qu'un type comme Dujardin irait jusqu'au meurtre. C'est quand même rare en plomberie, généralement, les types se laissent enculer sans trop se plaindre. Ou alors ça va aux prud'hommes et ça se termine dans la paperasse, dans les ennuis à n'en plus finir. Dolto y allait régulièrement aux prud'hommes, il y était comme chez lui.

*

Une fois revenus à l'hôtel, ma femme a fait nos valises sans dire un mot. Moi de mon côté j'étais absent, je restais assis sur le lit, comme un gosse, je la laissais faire. Le lichen plan me grattait à mort, je ne savais pas ce que j'allais devenir maintenant, réclamer cent euros à un cadavre ? Et mon licenciement ? Tout fuyait partout dans tous les sens, je n'allais pas pouvoir m'en sortir, je ne pouvais plus rester en maladie, ils allaient condamner la boîte dans un sarcophage juridique en béton armé. Je n'avais plus aucune marge de manœuvre. Brusquement, je me suis retrouvé en état d'alerte. Le nez, l'odorat.

« Tu trouves pas que ça sent le gaz ? »

Elle m'a répondu que non. Mais moi j'étais habitué en tant que plombier : il devait y avoir une fuite sur le chauffe-eau.

« Faut pas traîner ici, je te dis que ça sent le gaz, c'est mon métier quand même, non ? Il y a au moins deux bars qui s'échappent et crois-moi c'est pas le genre d'hôtel à installer des ROAI. »

Elle m'a répondu d'arrêter de me gratter les mains et que pour le reste elle ne voulait plus me parler. Je l'ai suivie jusqu'à la réception, elle a payé et on est partis.

Dans la voiture on ne se parlait toujours pas. On a fait toute la route sans échanger un mot. Moi ça ne me gênait pas vraiment, j'avais atteint un niveau important quelque part dans le brouillard, je ne voyais que du coton autour de moi et, de temps à autre, dans tout ce blanc, l'œil bleu de la Sainte Vierge qui clignotait dans la boîte à gants.

À la maison, je me suis assis sur le lit et j'ai attendu en essayant d'arracher le lichen plan. Ma femme passait de temps à autre avec du coton dans les bras, elle s'activait, elle rangeait des affaires, c'était pas l'activité qui lui manquait. Elle me regardait du coin de l'œil mais elle ne disait rien. À huit heures on est passés à table.

« Tu prends pas tes médicaments ? »

J'étais surpris qu'elle m'adresse la parole.

« C'est à moi que tu parles ? »

Elle a haussé les épaules. Elle ne se rendait pas vraiment compte de la situation.

Elle a allumé la télé. Aux infos, ils ont dit qu'une ancienne star de cinéma, Annabella Tazzi, venait d'être assassinée dans sa villa au bord de la mer par un forcené qui avait grièvement blessé son fils.

« C'est eux, a dit ma femme, c'est ton patron et sa mère.

– Mon patron ?

– Oui, Dolto, il est pas mort, par contre c'est sa mère qui est morte, t'as pas entendu ? Une ancienne star de cinéma des années cinquante. Regarde, c'est “La mare au diable”, là où on était ce matin ! »

Je ne comprenais rien à ce qu'elle racontait.

« Mon patron ne s'appelle pas Dolto, qu'est-ce que tu racontes ? Mon patron c'est saint Jacques de Compostelle, c'est lui mon patron et il n'est pas mort assassiné, il a été étouffé avec du coton, comme Remy de Gourmont. »

Je me suis levé et je me suis dirigé vers la porte. Ma femme me regardait sans bouger avec des yeux de poisson mort bouffés par les rats. Je suis sorti parce que ça sentait vachement le gaz dans l'escalier, il devait y avoir une fuite sur le réseau de la N7.

Je marchais sur la N7 quand elle m'a rattrapé, elle était essoufflée.

« Où est-ce que tu vas ?

– Je vais voir mon patron si ça te dérange pas.

– Tu retournes là-bas ? Je te signale qu'il est en réa ton patron, il a pris trois balles dans le ventre.

– Ça m'étonnerait, il est mort mon patron, ça fait longtemps qu'il est mort. »

Et voilà, elle recommençait à s'énerver.

« Bon ça suffit comme ça, Dan ! Soit tu rentres, soit c'est définitivement terminé entre nous ! »

Elle s'était arrêtée de marcher, elle faisait du surplace en robe de chambre sous son manteau noir. Elle a crié : « Où est-ce que tu vas, Dan ? Tu peux me dire où tu vas à cette heure, s'il te plaît ?!

– Je vais acheter du coton à Saint-Jacques-de-Compostelle. C'est interdit, maintenant ?

– Pauvre con, va ! Tu veux me rendre dingue, hein ? T'as décidé de me rendre folle ? Mais avec moi ça marchera pas ! Je compte jusqu'à trois Dan, si à trois tu ne t'arrêtes pas, n'espère plus me revoir. »

Elle a compté dramatiquement jusqu'à cent vingt-sept et elle n'est pas rentrée à la maison. Elle a attendu un peu, elle m'a rejoint, elle marchait à mon côté.

« Ça te dérange si je viens avec toi ?

– Non, pourquoi ça me dérangerait ?

– Tu sais, je crois que c'est dans l'autre sens Saint-Jacques-de-Compostelle. »

Elle avait raison. On a fait demi-tour.

« C'est la fatigue, je lui ai dit, je crois que j'en ai trop ramassé ces derniers temps.

– C'est possible, tu devrais te reposer un peu.

– En plus on n'est pas assez payés, mais maintenant je vais me mettre directement dans la filière du négoce, je ramasse plus, je l'achète, en gros.

– Bien sûr, mon chéri. Tu parles du coton ?

– Ben oui, de quoi tu veux que je parle ?

– Dis donc, j'y pense... je crois qu'on a pas pris de liquide. Tu as du fric sur toi ? »

J'ai fouillé dans les poches de mon pyjama mais

je n'avais rien. J'avais complètement oublié cette histoire de liquide, obnubilé comme je l'étais par mon idée.

« Est-ce que ça te dérange si on retarde un peu le départ, m'a demandé ma femme, parce que je trouve qu'on est partis un peu vite, on devrait peut-être s'organiser un minimum, c'est loin Saint-Jacques-de-Compostelle, je sais pas si tu pourras aller jusque là-bas avec tes chaussons... »

Elle avait raison. On n'était plus à un jour près. Alors on est remontés à la maison et elle m'a fait couler un bain. Ça sentait le gaz dans la salle de bains mais je ne lui ai rien dit parce qu'on partirait tranquillement le lendemain. Quant à moi, question coton, je n'étais plus inquiet parce que du coton il y en avait maintenant partout autour de nous, dès que je tournais les yeux j'en voyais par tonnes. Si le gaz pétait, ça amortirait le choc. J'étais heureux. Y avait vachement moins de bruit qu'avant, tout était assourdi, c'était vraiment bien à tous les niveaux, y avait plus besoin de se baisser pour le ramasser, même plus besoin de partir, y en avait plein la maison, plein la rue, plein le ciel, y avait qu'à ouvrir la bouche pour en avaler, ça passait comme du brouillard. Je riais dans la baignoire tellement j'étais content. Ça faisait combien de temps que j'y étais dans la baignoire ? Et depuis combien de temps aussi j'avais pas vu l'œil de la Vierge ? Merde, maintenant que j'y songeais...

« Qu'est-ce que tu en penses toi, chérie, de la loi des cinq principes en ce qui concerne les maux des orteils ? »

Elle n'en pensait rien, elle m'a dit qu'on verrait ça demain, que maintenant je devais sortir du bain, boire mon tilleul et me mettre au lit, c'était l'heure. Je me suis endormi en catastrophe, comme pour fuir un séisme imminent.

Quand je me suis réveillé il était exactement midi.

J'étais entièrement habillé de blanc. Un blanc éblouissant.

Nous étions sept, debout autour d'une table.

On jouait à la roulette argentine.

Tous mes amis du temps de la délinquance étaient là, tous ceux qui étaient morts encore jeunes, fauchés en plein midi.

J'étais jeune moi aussi, mes cheveux étaient noirs comme du cirage de Buenos Aires, et épais, une sacrée tignasse.

Jo venait de lancer le revolver en l'air, un 357 combat Magnum six pouces.

Je me souvenais du futur maintenant ?

Le revolver tournoyait en l'air au ralenti, il mettait un temps démesuré à retomber.

Nous restions immobiles autour de la table ronde.

L'angoisse se lisait sur certains visages, la sueur coulait, les respirations étaient oppressées.

Mais pas pour moi, ni pour Jo.

Moi sur mon visage on pouvait lire l'étonnement.

Le revolver était retombé.

Le choc avait déclenché le ressort du chien et le coup venait de partir.

Il résonnait encore.

Sort et ressort de chien !

Je venais de prendre la balle dans le ventre, cinq centimètres en dessous du nombril.

Exactement l'endroit du seppuku.

Petit lexique

ALGECO – Petite baraque de chantier facilement transportable.

ARBALÈTE – Outil en forme d'arbalète pour cintrer le cuivre.

CAILLERA – Verlan de « racaille ».

ÉCROUI – Du latin *crudus*, cru. Cuivre rigide et résistant à la déformation car soumis une seule fois à la chaleur lors de sa fabrication.

GÉBAJOINT – Pâte du genre mastic qui, joint à la filasse, permet d'obtenir une bonne étanchéité dans les raccords sanitaires.

HILTI – Marque réputée de perforateurs et autres outils de percement.

KOLMAT – Voir « Gébajoint ».

OHQ – Ouvrier hautement qualifié.

OPAC – Office pour avoir chaud (penser à changer le sigle pour ne pas disparaître comme Maichin).

OVOÏDE – Couloir d'égout en béton et en forme d'œuf.

RACAILLE – Nom projeté sans vergogne par une certaine catégorie de la population française sur une autre catégorie de la population française, en l'occurrence les jeunes délinquants victimes de la misère sociale, économique et culturelle sévissant dans les cités dites « sensibles » ou de « non-droit ».

RECUIT – Cuivre soumis deux fois à l'action de la chaleur lors de sa fabrication et donc plus facile à cintrer que l'écroui.

ROAI – Robinet à ouverture automatique intégrée.

SEPPUKU – Suicide au sabre au Japon, plus ordinairement nommé hara-kiri.

VMC – Ventilation motorisée contrôlée.

Je tiens à remercier Marie Laborde pour son aide précieuse et ses conseils ainsi que Jean-Pierre Duphloux pour son assistance informatique à toute épreuve.

Ce volume a été composé
par IGS-CP à L'Isle-d'Espagnac (16)
et achevé d'imprimer en septembre 2005
par ***Bussière***
à Saint-Amand-Montrond (Cher)
pour le compte des Éditions Stock
31, rue de Fleurus, 75006 Paris

Imprimé en France
N° d'édition : 62828 – N° d'impression : 053538/1
Dépôt légal : novembre 2005
54-02-5860/9
ISBN : 2-234-05860-0